少年心事
梦中人

河冰 著

北京日报出版社

图书在版编目（CIP）数据

少年心事梦中人 / 河冰著． -- 北京 ： 北京日报出版社，2017.1
ISBN 978-7-5477-2330-2

Ⅰ．①少… Ⅱ．①河… Ⅲ．①长篇小说－中国－当代 Ⅳ．①I247.5

中国版本图书馆 CIP 数据核字（2016）第 243830 号

少年心事梦中人

出版发行：北京日报出版社
地　　址：北京市东城区东单三条 8-16 号东方广场东配楼四层
邮　　编：100005
电　　话：发行部：（010）65255876
　　　　　总编室：（010）65252135
印　　刷：保定金石印刷有限责任公司
经　　销：各地新华书店
版　　次：2017 年 1 月第 1 版
　　　　　2017 年 1 月第 1 次印刷
开　　本：880 毫米 × 1230 毫米　1/32
印　　张：6.25
字　　数：143 千字
定　　价：22.80 元

序 言

这本小说，初创于 2002 年，完稿于 2003 年。写这本小说的初衷很简单，就是为了祭奠我们的青春。这本小说里有我本人的影子，也有我见过的其他同学或朋友的影子，可能也有我们每一位读者的影子。

一晃，十几年过去了。这十几年中，我经常梦见高中的考试、紧张的学习，经常梦见同学们，经常梦见高考的失败和回去复读的时光，经常在梦里纳闷，我不是已经毕业了吗，怎么又回到了高中呢？那些物理的定律、数学的函数公式、化学的分子结构都多久没见了，都忘光了，还怎么去考试啊？

这十几年中，我见过形形色色的人，有身家十亿元计的，也有连吃饭都成问题的。但是，不论贫富，大家都有同样一个爱好，就是喜欢拿着自己的青春神侃。这时大家嘴里的青春，或许只剩下一些飘忽不定的影子，也或许是一些刻骨铭心夙愿的重拾。

通过看这些形形色色的人，我发现学历并不是决定我们每一个人成败得失的关键，关键在于良好的生活习惯、缜密的逻辑思维、准确的方向判断、丰富的空间想象、洞察未来的卓识眼光。

十几年后，我再次审视这本小说时，谨慎又谨慎，因为我的女儿已经迈进了小学的大门，成为一名学生，她的青春也即将起航。日后这本书可能会对她产生一定的影响，所以每一句话我都得认真地思考，我还会去思考：她的青春应该是怎么样的，应该怎样度过才更加有意义？我应该如何才能发现她的梦想，怎么为她梦想的实现而尽我力所能及？

还记得，2015 年 6 月 30 日那天，本以为是女儿上幼儿园的最后一天。我去接女儿放学，本想让她 7 月就不去幼儿园，好好放松放松，但是幼儿园班主任说他们还要参加 7 月 11 日的毕业典礼，说这个典礼对孩子很重要，会让孩子们站在大舞台上，会让他们感觉很成功等等。当时我就问老师，如果我女儿 7 月不上幼儿园，她还能参加 11 日的毕业典礼吗？幼儿园的老师回答是不行。我听到“不行”两个字时心里很不是滋味。然后老师问我对学校的一些看法或建议，于是我说了些内心话，我说：“幼儿园是开在小区里面的，这里相对空气质量较好，也较为安全，这是它的优势；但是，你们幼儿园是方圆几公里最贵的，你们贵出来的伙食费应该总有一半或一小半是花给了孩子。此外，就是希望你们老师能培养孩子养成一个好的生活习惯，至于学了多少个拼音、多少个汉字，这些关系不是很大……”

虽然现在的物质较我们那年代富裕了很多，但是我也经常在想，这个社会还有很多孩子留守在农村，城里的教育资源和教育设施肯定好过农村，但是这并不代表着城里的孩子一定比农村孩子有出息，长大后对社会所做的贡献更大。我也经常在想，应试教育还未成功转型为素质教育的当下，我的女儿我应该如何去教育，是像其他父母一样让孩子去学舞蹈、学美术、学音乐等，还是根据女儿自己的兴趣爱好培养出一门专长？看着女儿在家的生活习惯，喝水、吃饭、刷牙都要家长无数次地下命令才缓慢进行，吃水果更是送到嘴里都懒得嚼，动不动就顶嘴。目睹着女儿很是糟糕的生活习惯，我感到很紧迫，也很愧疚。我单独和女儿一块的时候，我总是跟她讲起自己七岁天天放牛，帮着家里做农活的生活，希望她能从中领会，生活是不会永远像她现在这么舒坦的。

河冰

2016 年 7 月

目录 Contents

第1章

一个梦孩子的童恋

他叫曼陀铃，听父亲说这名字是爷爷给他取的，爷爷希望他长大以后能像驼铃一样，奏出动听的音符。他们生活在一个叫“曼村”的村庄，曼村离县城有四五十公里的路程，属于偏远的贫困村，在这里，每家都在比着看谁家孩子先跳出这山沟沟，谁家孩子跳得更远更高。那时，曼陀铃的爷爷是村干部，为了积极响应计划生育政策，曼陀铃成了独生子女，全家获得乡政府授予的“计划生育先进标兵”锦旗。

曼陀铃其人与其名有着某种契合，他是一个喜欢做梦的孩子，也希望自己永远是一个生活在梦想中的孩子。从五岁起，他就牵着牛，跟着同村的大孩子，去一个围坝上放牛。围坝上绿油油的草地，是牛儿们永远也啃不完的天然饲场。坝的一面是大片大片的稻田，另一面是川流不息的河流。

牛自个吃着自个的草，伙伴们一起玩着野战的游戏，曼陀铃经常因为年纪小而掉队，被伙伴们“开除”在外。这时候的他，总是喜欢一个人躺在草地上，望着天上的云朵，听着风吹过稻田的呼呼声、河水细细的流淌声。他不知道天是在云朵的上面，还是云朵在天的上面，只知道头顶蓝蓝的天空上，飘着白色的水汽一样的东西，一会儿像棉花朵，一会儿像羊群，一会儿像大人，一会儿像小孩，一会儿哭着鼻子，一会儿笑得满头大汗……

曼陀铃就这样进入了梦乡，他梦见河里鱼虾在吃饭，水上住着人家，稻田也会走路……有一次，一起放牛的伙伴傍晚回家时忘记喊醒他，他就这么一直地在梦中游走着。

当曼陀铃从梦中醒来时，田野和村庄已被夜色笼罩，天上的星星一眨一眨的，像梦中的眼睛。他凭着直觉，深一脚浅一脚地穿过了一道又一道的田埂，走到了另一面的坝上。这条坝，是一条路，一面是稻田，另一面还是河流，河流上每隔一两公里就有座桥，每座桥都通往一座村庄。

曼陀铃就在这条坝上一直走着，他感觉自己仿佛坐在父亲搬运农作物的板车上，而板车在逆行。他不确定哪一座桥才是通往曼村的，总以为下一座一定是。但当他走到下一座桥上时，却发现这不是通向自己村里的桥，于是他只能一直朝前走着。他一直走到了河坝的尽头，出现在他眼前的是一条宽阔的石子路，是一个大大的斜坡。他走上斜坡，眼前是一条街道，每一家店门口都亮着路灯，像一条长龙。街道上时不时闪现着小孩玩耍的身影，但是没有一个身影对他来说是熟悉的。

曼陀铃意识到自己迷路了，他哭了起来。黑夜里零星的赶路人，没谁会顾及他的紧张、害怕。他走到一家父亲经常带自己来买农药、化肥的店，他记起来了，父亲说这家店叫“供销社”，周边村子的农药和化肥只能到这里来买。他哭着鼻子走进了这家店里，一对父母亲正带着一双儿女在吃饭聊天。女孩子见曼陀铃走进店，第一个冲了过来，喊着：“你是不是乞丐，我家里没米没钱……”。女孩的母亲转过脸去，放下手中的碗筷，朝女孩叫了声：“晶晶，过来。”

曼陀铃用右手抹了把眼泪，走到晶晶母亲前，说：“大妈，我不是乞丐，我迷路了，我家在曼村，我父亲叫曼老三，来你家买过东西……”

晶晶父亲嘴里含着饭说：“哦，原来是曼老三家的孩子，难怪这么眼熟。”

晶晶父亲提出用自行车送曼陀铃回家，曼陀铃激动得大哭起来。当这辆自行车行驶了一段路之后，远处传来了一阵又一阵的呼唤声与哭号声。慢慢地，曼陀铃发现这一阵一阵的声音中夹杂着自己的名字，晶晶父亲跟曼陀铃说：“一定是你家人在找了。”

曼陀铃二话没说就跳下了自行车，说了声“谢谢叔叔”，便朝呼喊声的方向狂奔而去。他眼前的夜色似乎早已消退，朝阳正在升起，他看见父亲以及左邻右居的男人们，都举着手电筒在喊着自己的名字，他看见母亲瘫坐在河坝上撕心裂肺地号啕着。

当曼陀铃一头扎进母亲怀抱时，他母亲简直不敢相信，仍在痛哭着。母亲在儿子的脸上摸了好一阵子，才欣喜若狂地说：“铃儿！你真的是铃儿！你没掉进河沟里！你还活着！”他母亲一把抱起他，激动地朝四野喊起来：“老三，铃儿在这里！”四野的手电光束一时间都朝他母亲汇集过去，大家相互传达着这个好消息，有说有笑。

也许是因为曼陀铃太喜欢做梦，经常分不清楚自己是醒是睡。九岁那年的正月里，伙伴们中间流行玩一种叫雷管的爆竹，曼陀铃最喜欢将雷管插在泥土里面，只留引信在外面，因为他觉得爆炸的瞬间泥土飞扬的场景很壮观。有一次泥土里的雷管迟迟未响，他似乎看见雷管的引信被泥土浸湿，他急了，拿起棍子轻轻拨开泥土，再次准备点火时，雷管开天辟地般地炸响了。泥土夹杂着火药扑进了他的眼睛，他顿时有一种天崩地裂的感觉，眼睛仿佛炸成了碎屑。尽管如此，父亲将他带到村医家、村医问他感觉怎么样时，他怕父亲会生气打他，还是嘴硬说没事。村医叫他坐在椅子上，头靠在椅子背上，眼睛能睁多大就睁多大，然后村医就用一个小喷嘴不停地往他眼睛里喷水，弄得他直流眼泪，分不清眼睛里是水还是泪。

12 岁那年，曼陀铃跟周边村里的孩子一样，到乡中心小学读五年级。这个班上有一位他曾经见过一次的女生——晶晶。或许他已经不再记得，或许他潜意识里仍然留下了浅浅的记忆。

晶晶姓金，五年级的她，总爱穿身荷叶领的上衣，红扑扑的脸蛋在学生发、荷叶领的映衬下，显得那么的活泼可爱。金晶晶就坐在曼陀铃的后面，遇到不会做的数学题她总是喜欢问曼陀铃。

曼陀铃的语文、数学老师一男一女，都很年轻，正值谈婚论嫁的年龄，他们关系密切，在同学们看来像对恋人。两位老师经常跟学生们分享他们青春的感悟与惆怅。课下，师生常常打成一片，做游戏。

课间的时候，曼陀铃和金晶晶经常拉上同桌一块，玩一种叫“官打聋捉贼”的游戏，游戏中当“官”抓到“贼”时，“打”就要惩罚“贼”，如果没有抓到，就要惩罚“官”。他们的惩罚方式通常是用铅笔打对方的手掌心，曼陀铃最喜欢扮演的角色自然是“打”，这样他就有更多机会捏着金晶晶的小手，用铅笔或手掌轻轻地打。

有一次因曼陀铃无意中对金晶晶下手有点重，金晶晶生气后甩手不玩了。淘气的曼陀铃就用黑墨水弄脏了金晶晶的荷叶领衣服，弄得金晶晶在很长一段时间里都在生他的气。好像也是从那次起，曼陀铃开始在意金晶晶了，他经常幻想着好好读书，考上大学后赚多多的钱，在城市里买房，开着车来到金晶晶的窗外，高喊着金晶晶的名字，娶金晶晶做新娘。好像也是从那以后，曼陀铃和金晶晶的话渐渐少了很多，当然，他教金晶晶数学题的时候除外。有时，曼陀铃想到金晶晶家是街上的，而且开了个商店，就会产生一种莫名的自卑感。

初中，曼陀铃和金晶晶是不同班级的校友，接触的时间很少，金晶晶却像曼陀铃心田上的一颗种子,随着青春期的来临而萌芽。初中的他们，单纯，像明净的湖水，只是心头不时飘过阵阵微风，让湖面偶尔不再那么平静。没有任何的表白，也没有任何的谈情说爱，只有曼陀铃对金晶晶的默默注视。每年元旦他们彼此会送上一张小小的贺卡，贺卡上盛着或深或浅的祝福。

曼陀铃满以为高中的时候还可以与金晶晶做校友，可惜两人考得都不够理想。金晶晶的中考成绩离县一中的录取分数有些距离；曼陀铃虽进了一中录取线，但由于名额有限又被挤出了一中的名单。

中考失败后的暑假里，曼陀铃走在村头巷尾，经常听到乡亲们议论谁家的孩子是真聪明，谁家的孩子是假聪明，谁家孩子考上了某某大学等等。这些议论总是让他感觉无颜面对乡亲父老，更没脸面对父母。

曼老三总是安慰儿子:“在家好好复习功课，村里人说什么也不一定是说你。”

就这样，曼陀铃更多的时候都闭门在家，不再每天写日记，而是写一部叫《败后黑影》的小说，小说中男主人公的名字叫“木杉”，他写的是木杉得知自己中考失败后的所见所闻所想，似乎中考失败后自己掉进了黑色的旋涡之中，被笼罩上了挥之不去的阴影。

那是一个炎炎夏日，曼陀铃和父亲在田间劳作，父亲忽然问他："你没能上一中，想咋办？"

当父亲问到上高中的事情时，曼陀铃有一种愧疚感，同时他又想起了金晶晶。他很想继续跟金晶晶做校友，但是也不确定金晶晶能否进一中。曼陀铃内心开始挣扎起来，他感觉自己仿佛走进了梦中，走在一条没有方向的路上。

当父亲再次追问他到底怎么想时，曼陀铃才迟迟回答父亲："能上哪里就上哪里。"

曼老三一字一句地说："已经托人想办法了，估计要花 4000 块钱才能上一中。"

那时的 4000 元，差不多是全家三年的收成。曼陀铃除了内疚还是内疚，第一次感觉亏欠了父母的。曼陀铃坚定地说："一中我不上，能上哪就上哪！"

曼老三忽地站起身来，用低沉的声音说道："怎么就不能争气些？不上就跟着种庄稼！看看你还上不上！"

虽然父亲声音低沉，但曼陀铃听来却如滚滚的雷声响彻心头。他愈加愧疚，感觉肩头压着一块沉重的石头，这石头或许就是父母亲的期望。

就这样，曼陀铃获得了县一中的正式录取通知书。开学前一天，他将初中三年所写的日记，那个记载着无数个金晶晶名字的本子，一张一张撕成碎片，把它们烧成了灰，只留下了一部没有写完的小说——《败后黑影》。

那天，曼陀铃面对这堆日记的灰烬，就像面对着自己记忆的骨灰，他仰望着苍天，泪流满面。

第 2 章

电话中，他被遗忘在下雪的冬季

望海县第一中学，简称县一中，位于望海县城中心位置，不远处便是汽车站、购物超市、北门商业街。这里是望海县内的最高学府，是曼陀铃初中老师口中的“大学摇篮”。校园大门两侧各有一棵大约一人粗细的大槐树，见证着这座校园的历史年轮。

曼陀铃空着手，跟在曼老三的身后，沿着一级一级的青石板台阶，穿过校园大门。石板路笔直地朝前方延伸而去,然后又是一级一级的台阶，台阶上面是五排四层高的建筑，建筑的后面是树梢、篮球架顶以及蔚蓝的天空。

曼陀铃的右手边是一排砌着青色琉璃瓦的白色围墙，墙壁上间隔地开着五个圆形门洞，门洞上方分别贴着“高中新生报名处”和“初中新生报名处”，所有门洞都被挤得水泄不通。曼老三将一头是米袋一头是棉被的扁担卸下肩来，靠着墙脚，叮嘱曼陀铃不要走开。

曼陀铃看着曼老三朝门洞挤去，然后消失在人海之中。曼陀铃坐在米袋上，呆呆地看着校园里来来往往的人群，心里空荡荡的。曼陀铃对面的石板路另一侧，有一个长长的公告栏，以及一排五层高的楼房，楼房的门头上方写着“男生宿舍”，宿舍靠近校园大门这头，是一个高高的棚子，上面写着“食堂”两个大字。

看着眼前的宿舍、食堂，曼陀铃的脑子里开始有了一些想法，自己会睡在哪一楼的哪一间房呢，室友又会是些什么样性格的人呢？过了好一阵子，曼老三才从门洞口的人群里挤出身来，挑起扁担，对儿子说：“走，找108宿舍去。”

108宿舍在男生宿舍的一楼。曼老三和曼陀铃一前一后走进房间时，一对父子正坐在床沿上，埋着头聚精会神地低声地交谈着什么。曼老三卸下肩上的扁担，摘下头顶的麦草帽，将床沿上的一对父子打量一番，招呼说：“嗨，这不是王大厨嘛，你家相公也上这儿来啦。”

王大厨，在曼村一带的名人，附近村庄谁家有红白喜事，都要请王大厨出面掌厨。王大厨站起身来，说：“哦，曼老三啊，这是我家犬子王青文。”王青文高高的个头、板实的身段、浓浓的粗眉，让曼陀铃觉得眼熟，一聊才知是初中校友，两人很快就亲近起来。曼老三和王大厨临走前，叮嘱曼陀铃和王青文，既然是乡亲，又是初中校友，在学校更得相互照应。

王青文告诉曼陀铃，初中校友陈怀均也会过来。在初中校园，几乎没人不知道陈怀均。他双鬓有大片的白发，在外表上就与众不同，他走路时扭扭捏捏的步姿也是初中校园里一道惹人注目的风景线，此外，他过目不忘的本领以及无人能敌的成绩在初中校园更是广为流传，初中时，几乎没人觉得他不是天才。

陈怀均因中考成绩优异，在高一3班总分第一，自然而然地被数学老师兼班主任老曹选为一班之长。而且,陈怀均两鬓大片的白发被染黑了，他喜欢时不时拿着镜子欣赏自己的样子，对着镜子流露出骄傲的笑容。

陈怀均知道曼陀铃还没从中考失败的阴影走出来，他开导曼陀铃，自己曾在老曹办公室桌上看到了全班同学的中考成绩表，班上50名被录取的学生中有30名是县城领导的子女，7名是各乡镇领导及教师子女，他们的录取分数很低。其实，曼陀铃的中考成绩并不差，在班上也是前十名，如果不算外语，语文和数学更是排在前五名之列。

陈怀均曾经为曼陀铃打抱不平，质问班主任老曹:“曼陀铃中考成绩并不差,为什么还得买呢？”结果,他被老曹当面斥责,老曹告诉陈怀均“这不是你管的事”，这件事就没了下文。

经过陈怀均这么一开导，曼陀铃心头的阴影渐渐消散，重又找回了初中时的自信，他将失败归咎于不公平的教育制度。

周末里,曼陀铃打通了初中同学家的电话,渐渐与老同学取得了联系，并得知了金晶晶的生活现状，以及金晶晶家的电话号码。于是，曼陀铃从学校周边的书店里买来精美的信纸和精致的信封，开始给金晶晶写第一封信，他在信里告诉金晶晶，其实她本来是可以进一中的，只是因为内部名额太多才被挤了出去，并告诉金晶晶只要自信就一定会考上大学等等。

但是,曼陀铃将信寄出去后,如石沉大海,久久未见回音。曼陀铃在想，是不是自己的信写得太没趣味，毕竟自己是第一次给女生写信，难免语无伦次，让人看了不知所云。于是曼陀铃只要有空，便往书店跑，去找那些关于写情书之类的书籍看，希望从中找到答案。曼陀铃曾在一本书里看到：每个女生都喜欢情诗，也喜欢关于自己青春容颜的素描。曼陀铃想，这或许就是自己寻找的答案。

曼陀铃买了本《情诗经典》和《素描入门》。可是，当曼陀铃的情诗一首又一首地寄给金晶晶之后，仍然如石沉大海。

当陈怀均知道曼陀铃暗恋金晶晶的时候，他开始给曼陀铃支招，他最近在看一本叫《弗洛伊德精神分析法》的书，他把自己领会的精髓分享给了曼陀铃，说只要曼陀铃对金晶晶的思念足够强烈，金晶晶就能感受得到这种思念。

可能曼陀铃对金晶晶的思念过于强烈，以至于会经常梦见金晶晶，梦见他们又回到了小学五年级，一起玩着“官打聋捉贼”的游戏，或经常梦见金晶晶也来到了一中，在同一个教室里听着同一堂课，却从来不曾说话。每次醒来时，曼陀铃总感觉心口隐隐作痛，这或许是因为思念过深，也可能是因为金晶晶在做着同一场梦，也感觉到了心口的疼痛，曼陀铃有时会这样想。

曼陀铃想完成一张金晶晶的素描像，但因为金晶晶在曼陀铃脑中的形象不够具体，他总是半途而废。他觉得自己的素描功底太差，于是一有时间便练习着素描，学习怎么将人的面部进行立体构建，怎么让眼睛有神采，怎么让笑容更自然等等。

冬天到了，树叶都落光了。曼陀铃想给金晶晶买一件外套，一件咖啡色的高领毛线外套，他想金晶晶穿上一定好看极了，再说自己也弄脏过金晶晶的外套，这次就当赔偿了。

周六的晚上，曼陀铃独自一人，在校门外的小店门口晃悠了好一阵子，看见小店里不断有同学进进出出，他心里嘀咕着该跟金晶晶讲些什么，他不知道，或许只是为了听听金晶晶的声音，再从金晶晶的声音中回想她的模样。

当小店里好一阵子没同学出入时，曼陀铃悄悄地溜了进去，座机听筒被拿起又放下，然后又被拿起。电话被接通了，曼陀铃半晌才开口："金晶晶在家吗？"

"你是谁？"

"她的同学。"

…………

"我是金晶晶，你是哪个？"

"我，我是曼陀铃……"

"胡兵？演员的那个胡兵，还是……"

"我是曼陀铃，小学五年级的同学，还有印象吗？"

"哦哦哦，不好意思，没想到你会打电话来我家，打电话有什么事吗？"

"我，我，冬天到了，我，我想给你买件衣服，咖啡色的、高领的，毛线外套，喜欢吗？"

"我不要！如果买了就去退掉！"

"我，我……"

"你千万别寄过来，寄过来我也不会收！"

曼陀铃不知该说些什么，两人陷入了沉默。半晌，曼陀铃无力地说了声："好吧，再见。"便挂断了电话。

曼陀铃走出小店时，心里空落落的，自己的魂魄仿佛随着电话线钻进了金晶晶的耳朵，钻进了金晶晶的心灵，又像是遗落在电话机旁。他想，为什么金晶晶连他的声音都听不出呢？为什么金晶晶坚持不要他买的毛线外套呢？为什么他准备了好多好多的话却在电话中不知道说什么呢？为什么金晶晶在电话里的声音听起来是那么的陌生呢？……

曼陀铃魂不守舍地朝校园里走去，他边走边自言自语。他感到很痛苦，很失落，很悲哀。他想，即使对方是一个冰雕，他的诗句、他的思念，也足够可以把它融化，难道金晶晶的心灵比冰雕还冷漠吗？

风，夹杂着寒流，从曼陀铃面颊、耳边刮过，冷飕飕的，他感觉自己浑身冰冰的，心脏似乎停止了跳动。他来到操场上，这里黑压压的，空无一人。他闭着眼睛靠在一棵树上，努力在脑海中勾勒金晶晶的形象，但是，金晶晶的形象已经很模糊，甚至有些支离破碎了。他感觉自己提着一盏灯，在漫无边际的世界里，在熙来攘往的人群里，在田埂上，在校园里，寻找着那个曾经熟悉的身影，那个无数次出现在梦里、思念到心痛的金晶晶。

可是，曼陀铃在记忆的世界里找遍了，始终找不到金晶晶的身影，或许这个世界上并不存在金晶晶，或许金晶晶遗落在小学五年级的“官打聋捉贼”的游戏里。他想发泄，他在操场上跑起来，疯狂地跑着，直到汗流浃背，直到神志清醒，直到听到自己的心跳。他嘲讽自己——为一个并不存在的人，付出了这么多，简直就是蠢货。

而后，曼陀铃又安慰自己，如果不付出这么多，怎么知道自己暗恋着的人并不存在？他“啊”地朝天呼喊了一声,随即感到浑身释然了,此刻，他的心情如天上的太阳，温暖着身体里的每一根血管、每一个细胞。他想，我要是回去冲一个冷水澡，一定更加痛快，一定会冻死骨子里的柔情，只留下血气方刚的神气。

风呼呼地刮着，路边的灯光被吹得颤颤巍巍的，灯光下，飘着晶莹剔透的雪珠。雪珠落在曼陀铃的额前、面颊，融化了，模糊了他的双眼，他不知道眼睛里到底是融化的雪水还是泪水。雪，渐渐大了起来，那些灯光下晶莹剔透的东西，变幻着，变成了鹅毛状的雪花。在寒风中，它们忽高忽低地飘舞着，似刻骨铭心的记忆，似洁白的哈达。

第 3 章

继续一场没被拒绝的单恋

曼陀铃很久没给金晶晶写信了。在这段时间里，他的学习成绩得到了较大的提升，尤其是物理，陈怀均经常嫉妒他。他们俩经常为一道物理题争得面红耳赤，甚至到了打赌的地步，但正确答案总是更多地偏袒曼陀铃，这经常引起陈怀均的不快。在陈怀均看来，自己其他方面可以输给同学，唯独学习不可以，不管哪门课，他都必须是第一名，不允许也不接受被别人超越。

尽管如此，曼陀铃还是经常感觉到心里空落落的，生活中似乎缺少了一点什么，总感觉不尽人意。尤其是在他躺在床上睡不着的时候，这种感觉最为强烈。随着时间的流逝，他的这种感觉也渐渐被冲淡，仿佛有一艘扬不起帆的船只沉入心底，当他习惯这种生活状态之后，他也就释然了。

有一天，陈怀均找曼陀铃借那些精美的信纸，曼陀铃说没有。陈怀均说，他也想写信。但当曼陀铃问他写给谁时，他却红着脸说谁也不能告诉。陈怀均说，最近他一直很苦恼，他不明白人为什么要有青春，身体为什么要产生荷尔蒙，为什么对异性会有莫名的好感，希望曼陀铃能帮他分析。

“我早就过了青春期，早就不再写信了。”曼陀铃若无其事地说。

“为什么不写？有了新欢？”陈怀均震惊地说，“一定是，你那金晶晶，离得那么远，哪天发生了什么事情，你也不会知道。”

曼陀铃随即把那天给金晶晶打电话的事讲给他听，陈怀均听完，将曼陀铃使劲批评了一顿：“这就是你的不对了，人家喜不喜欢你，那是人家的事，但是，人家并没有剥夺你喜欢她的权利，说明你还很幸福，因为你可以继续写信，你还有可能。”

曼陀铃听着陈怀均这席酸溜溜的话，觉得似乎也有点道理。于是，经过一段时间的思想挣扎，曼陀铃又一次走进了书店，买来了精美的信纸和信封，在一个大雪纷飞的季节里，他将手中那只装有心形信纸的信封塞进了信箱。尽管一直没有回音，但他一有空便这么写着，这么寄着，没有任何的奢望，仅仅希望以这种方式度过青春。

高一第二学期开学，虽然春天已经来了，但寒冷还未退去。一天班会上，老曹说：“同学们，通过半年多的共同学习，同学间应该比较熟悉了吧？”

“熟悉了！”同学们异口同声。

“那好，今天就将座位进行一次大调整，打乱入学时按初中同校组团的座位安排。”说完，老曹便开始指挥起来，就这样，曼陀铃和陈怀均、王青文不再同桌了。曼陀铃被调到了第二排，陈怀均被调到了第一排讲桌前的位置，王青文因个子太高坐在最后一排。

曼陀铃的新同桌叫邓立明，和他是同一寝室的室友，最爱谈论的话题是女生，他能从不同角度看出不同女生不同的优点，他很幽默，有他的地方就有欢声笑语。坐在曼陀铃前面的是李进，也是他的室友，李进跟王青文关系很好，他表现欲很强，有“大喇叭”之称，最喜欢干的事情就是义务擦黑板、擦讲桌，所以被老曹任命为劳动委员。李进的同桌是江心洲，家在城郊，不住宿舍，这家伙看上去总是酷酷的，走路时总是喜欢甩着前额那一绺头发。坐在曼陀铃后面的是高霖雨，她的综合成绩在女生中一般都排在第二、三名，只有英语和语文等科目不时被她的同桌童思宇超越。童思宇的发型和长相都有点梁咏琪，还有一位双胞胎妹妹童思斯跟她同班，所以她走在校园里总是容易引起同学们的注意。

调过座位后不久,曼陀铃收到了一个初中同学的来信。他告知曼陀铃，金晶晶交了男朋友。曼陀铃情绪很是低落，停止了给金晶晶写信。从那之后，他的生活不再平静，他又开始胡思乱想，开始做梦，他夜里躺在床上，睁着眼看脑海里错乱的意象，并将这些意象编成诗行。

随着春天的来临，树枝开始吐露新芽，南方的鸟儿准时迁徙而至，田地间金黄色的油菜花又给人以无限的希望和梦想。曼陀铃的心情也随着春天的来临而明媚起来，他的诗行也像阳光一样温暖，他庆幸自己除了金晶晶，还有诗行可以寄托无限的青春遐想。

在高霖雨和童思宇看来，曼陀铃这名字听起来很是好玩，仿佛一听就能将人带入梦境一样，充满着梦幻的迷离色彩，她们无聊时也会拿出来闲聊。当高霖雨和童思宇当面问曼陀铃他的名字是谁给取的时，曼陀铃先是一愣，不知道她们为什么问这个，但还是如实地告诉她们说：“听爸爸说是爷爷取的。”然后，高霖雨和童思宇又好奇地问曼陀铃爷爷是不是用民间周公解梦的方式取的，曼陀铃被问得摸不着头脑，说：“可能是吧。”

这样一来一往，曼陀铃与高霖雨、童思宇的距离也就慢慢拉近了。因为高霖雨跟曼陀铃一样，大概一个月回家一次，周末曼陀铃、陈怀均、王青文在教室里玩扑克牌游戏，遇三缺一时也会喊上高霖雨。高霖雨刚开始并不太会，但很快就学会了，曼陀铃经常扮演与高霖雨的对家角色，两个人在配合中慢慢有了作弊暗语，或台下“踢脚神功”。

就这样，曼陀铃与高霖雨渐渐熟悉起来，相互间话也多了。晚自习前，曼陀铃和高霖雨总要闲聊一阵子，很快，童思宇、邓立明、李进也参与进来。大家经常为了某件不确定的事情，形成两个或多个立场时，这时大家就采取打赌制，赌输了的请吃瓜子，几个人像兄弟姐妹般无忧无虑地聊着天，很是有趣。

有一次，“大喇叭”李进在曼陀铃不知晓的情况下，将曼陀铃枕头下的手写诗稿带到了教室，高霖雨和童思宇看了都惊叹不已。后来在很长一段时间里，曼陀铃以及曼陀铃的诗歌，还有曼陀铃与金晶晶的故事，都成了高霖雨、童思宇、邓立明、李进四人八卦的主要内容。

有一天，高霖雨当着大家的面，叫曼陀铃分享他与金晶晶的故事。曼陀铃感觉无所适从，他知道自己本该跟这些兄弟姐妹分享的，但他又不愿意把心里的这部分袒露出来。曼陀铃只好尴尬地说：“金晶晶就是普通同学，没有故事。”邓立明和李进还是继续追问、不肯罢休，这时童思宇说：“就别难为人家了。”

从那以后，大家不再像以前那样直来直去，都开始小心翼翼起来，闲聊也渐渐少了。接下来的几个周末里，曼陀铃、陈怀均、王青文、高霖雨还是会聚在一起玩扑克牌游戏。高霖雨手气不好时总是爱耍脾气，霸道地破坏游戏规则，经常弄得大家不欢而散。有一次整整一下午，高霖雨没做一次“东家”，加上她看不惯陈怀均那副“老子事事天下第一”的得意样子，便把扑克牌往地上一扔，说：“不跟你们玩了。”然后像打了败仗的女将一般气冲冲地离开了教室。从此，曼陀铃再也没有在教室里跟他们一起玩过扑克牌。在王青文看来,高霖雨就是一个蛮不讲理的人。后来，高霖雨在108男生宿舍的口碑越来越差，与曼陀铃的关系也渐行渐远。

在以后的一段日子里，高霖雨总是爱找曼陀铃麻烦。一会说她桌上的书被他给靠歪了，用书使劲砸他的背；一会儿说他的课桌移得太后，也是用书又砸又敲；一会儿又说他的凳子没有摆好，挡了她伸脚。

一天晚自习前，童思宇对曼陀铃说：“曼陀铃，帮我看看这道物理题，我怎么都想不出来该怎么做。”

曼陀铃伸手去接童思宇的本子时，不小心碰歪了高霖雨桌上的书本。高霖雨拉下脸：“给我摆正了，摆齐了，摆得一模一样。”

曼陀铃没有作声，将高霖雨的书本理好，继续接过童思宇的本子。

“重摆，摆得一模一样！”高霖雨不给情面，对曼陀铃命令似的说。

曼陀铃尴尬起来，朝高霖雨抱歉地笑着说：“你说，怎么摆？”

高霖雨毫不领情地说：“那是你的事！”

童思宇、邓立明的目光在曼陀铃和高霖雨的脸上扫来扫去，却未发一言。前排的李进和江心洲正在发狂地笑着。高霖雨看起来更生气了。曼陀铃的目光垂在童思宇的作业本上，他想为问题寻找突破口，但思维很快就脱轨了。曼陀铃问自己：高霖雨为什么如此不给面子，故意让自己在童思宇面前出洋相，自己只是碰歪了书本，她至于如此这般吗？

高霖雨一出教室，邓立明便转过身去，准备跟童思宇说些什么，他见童思宇没抬头便又转了回来。邓立明叫李进一块出去，说教室不是人待的地方，要他一起看录像、喝酒去。于是，李进将书摔在桌上，与邓立明勾肩搭背地走出了教室。

曼陀铃坐到邓立明的座位上，童思宇对面，把解完的题目递给童思宇，上面写好了解答的全过程。童思宇接过本子，对曼陀铃说了声“谢谢”。

第二天上早自习，曼陀铃敲了下李进的背，说：“你不是想坐他这吗？”

李进一时没反应过来，半晌才开口：“你是问我吗？我可以跟你对换位置？”他一脸激动的表情，对曼陀铃说：“你怎么知道的？”

曼陀铃说：“你瞒不过我的。”

李进说：“下课就换吧！”

曼陀铃说：“得先跟老曹说声。”

当曼陀铃以视力下降为借口，告诉老曹自己想跟李进对换座位时，老曹说你们自己定就好。就这样，李进不亦乐乎地忙着，很是勤快地跟曼陀铃换了座位。换过座位后的李进，表现得越发勤奋起来，一丝不苟地履行着劳动委员的职责，黑板、讲台只要不那么干净，李进都会亲自上阵，直到黑板擦得黑得发亮、讲台上没有一丝灰尘为止。就这样，李进用这种方式认真塑造着自己的形象。

晚自习后的男生108寝室里，以邓立明为首的“言情派”，一谈起女生，就像打了鸡血似的来劲。邓立明经常批评曼陀铃，说他能写那么一手好诗歌，都不知道利用，去打动女生的芳心，获得女生的爱慕。而后，邓立明又开始谈论起他的爱情观，什么男不坏女不爱，什么女生天生就喜欢被征服，要么用学习成绩，要么用帅气的面孔，要么用老爹腰包里的钞票，等等。

当邓立明坐到曼陀铃床上，向曼陀铃请教如何写请诗时，曼陀铃问邓立明："你要写给谁？"

邓立明回避曼陀铃的问题，说："这个你不用管，学了迟早会派上用场。"

曼陀铃调侃邓立明："你不告诉我写给谁，我就教不了你了。"

邓立明见曼陀铃如此要求，先是脸上堆起了笑容，然后支支吾吾地说："就是，那个，那个，你知道的那个……"

曼陀铃提高嗓门，对邓立明说："你这不是扯吗？我怎么知道，那个是哪个？"

陈怀均走下床，一屁股坐到曼陀铃床上，嘻嘻哈哈地说："你们在谈论怎么写情诗，是吗？我也想学学。"

邓立明惊讶地看着陈怀均，说："除了会读书，你还知道什么？学这个对你来说有什么用？"

陈怀均不以为然，继续嬉皮笑脸地说："你们太不了解我了，我有对象了。"

"你也有对象？你也懂搞对象？你都没敢公开，你就吹吧！"曼陀铃对陈怀均一顿激将。

"这是秘密，任何人都不能告诉，老曹知道了一定会叫我滚蛋！"陈怀均心事重重地说。

曼陀铃敷衍陈怀均说："你就吹吧，至于那么严重吗？"

邓立明听说陈怀均有了对象，忽地来劲了，装起爱情专家来："据我最近一段时间的‘秘密侦查’，班上搞地下党的也不在少数，你以为老曹看不出来吗？他只是没明说罢了，这说明老曹觉得多你一个不多、少你一个也不少。”

男生108寝室里，总是充满了关于青春的话题，几个室友有时会互相分享内心深处的秘密。在酷爱写诗的曼陀铃看来，青春就像一座迷宫，每个人都为之神往，每个人都是其中的匆匆过客，并在其中孕育最为神秘的故事；每个人都是故事中的主角，在迷宫里寻找着出去的方向，殊不知这座迷宫只有入口，没有出口，所以每个人都在这座迷宫中流连忘返着。

第4章

金晶晶被打动了，但是……

在高一第二学期接近尾声的六月，在同学们内心像盛夏一样充满激情并时常躁动的季节里，曼陀铃第一次收到了金晶晶写来的信。曼陀铃收到信的那一刹那，他惊喜不已，沉入心底很长一段时间的金晶晶的样子浮现在眼前，仍然是那么的完整无缺，红润的脸蛋被荷叶领衬托着，像含苞欲放的荷花。

曼陀铃不希望将这份喜悦跟任何人分享，他将未拆封的信对折塞进了裤子口袋。整整一个晚自习，曼陀铃都魂不守舍，老是想着那封信的内容。晚自习下课铃声一响，曼陀铃匆匆回到寝室里，急不可待地拆开信封，一字一句地阅读着，每一个字都像一团蜜，沁入曼陀铃的心脾，他感受到了从未有过的幸福，这种幸福或许来自青春季节里两个人相互间的那种在乎。

金晶晶在信中说，她接二连三地收到曼陀铃的来信，刚开始的时候不知所措，不知道该不该回信，也不知道写什么样的内容回信，因为她对曼陀铃的印象也比较模糊。慢慢地，金晶晶的很多同学都说金晶晶恋爱了，不论她金晶晶如何跟同学解释，他们都始终认为她谈恋爱了，她的班主任甚至找她谈过一次话，说高中学生主要还是应该以学习为重等。所以，在很长一段时间里，金晶晶都感觉困惑、苦恼。在金晶晶情绪低落的时候，她有时候会在心里骂曼陀铃，希望他再也不要给自己写信了。但是，曼陀铃的信还是一封封地不期而至，她慢慢地也就习惯了被同学误会，慢慢地，生活也平静了下来，后来在心情不好时，她甚至会期待着曼陀铃的来信。可是有一天，金晶晶在期盼和等待中开始失望了——她收不到曼陀铃的信了。其实她相信曼陀铃会一如既往地给她写着信，写着那些诗意的语言，那些能温暖心灵的语言，再将信叠成心形后塞进信封，而她之所以没收到，是因为这些信是被学校扣留了，学校怕通信影响到她的学习。她特地写这封信来，是为了告诉曼陀铃不要再写了，再写也不会收到。

金晶晶在信中还说，她很愧疚没能给曼陀铃寄来一张他想要的照片。金晶晶说她已经不再是小学五年级那个爱穿荷叶领衣服的女孩了，已经长大了，已经没有小学五年级的时候那样可爱了，相貌和体型也变化了很多，心情也经常起起落落，还经常烦躁不安，动不动就唉声叹气，现在喜欢蓄着长发，将刘海剪得整整齐齐的那种；她现在喜欢穿宽松点的上衣，这样整个体型就不会显得那么大……她怕寄来的照片跟曼陀铃想象的出入很大，所以就没有寄，她觉得还是留些想象的空间为好。

读着金晶晶写来的信，曼陀铃的面庞流淌着感动的泪水，浑身像着了火似的，每一根血管里的血液都在快速地流动着，身体里的每个细胞都在互相碰撞着。曼陀铃想，金晶晶终于被自己的诗行感动了。这一刻，曼陀铃相信，在前生，自己与金晶晶一定有着某个约定，可能自己与金晶晶就是天空里的双鱼，菱形的身体发着蓝色的光芒，在浩瀚的天空中快乐地游弋。前生，自己和金晶晶可能都厌倦了天上的生活，相约来到人间，可是，来到人间后，自己和金晶晶都失去了记忆，只有心中第六感告诉彼此对方的存在。

曼陀铃就这么展开了浪漫的想象，想了好一阵子之后，他跑出了寝室，到校门外的书店，买来了精美的信封和信纸，将信纸铺在平时写诗歌的硬皮本子上，笔尖像琴弦一般，流淌出美妙的诗行。

于是，曼陀铃又像之前一样写起信来，信如飞鸽，从未间断。与之前不一样的是，曼陀铃能隔三岔五地收到金晶晶的来信。曼陀铃和金晶晶的事，渐渐也就公开化了。只是当高霖雨和童思宇打听这件事时，曼陀铃总是搪塞着，他认为自己没有向她们俩分享的必要，这种分享也没什么意义。

时间，就这样一天天地往前走，转眼一年就快过去了。写诗，学习，与金晶晶通信、分享彼此成长里的喜怒哀乐，跟室友神侃，与高霖雨和童思宇偶尔聊聊物理题，跟陈怀均争论某道物理题或数学题，就是曼陀铃这一年的生活，这种生活充实而幸福。唯一的缺憾是，金晶晶仍然吝啬着不肯寄照片给曼陀铃,并总是以“留些想象的空间更好”为理由而婉拒。曼陀铃一直跟金晶晶说，希望能与她见上一面，哪怕只有一面，自己也就知足了。但金晶晶在信中回复说不要做刻意的安排，一切随缘就好。

高二那年五一，曼陀铃和陈怀均坐着三轮车回到家乡，走在家乡的街上时，陈怀均告诉曼陀铃自己真的喜欢上了一个女的，而且到了不能自拔的境地，他问曼陀铃自己该怎么办。

曼陀铃这才又想起陈怀均曾在寝室说的“我也有对象”的话，但是当曼陀铃问陈怀均这个女的是谁时，陈怀均却脸红了。

“你说我该不该向她表白？”陈怀均低沉着声音问。

“应该。”曼陀铃未经思考便脱口而出。

陈怀均脸上由阴转晴，而后又由晴转阴，一副迷惘的神情，对曼陀铃说：“如果表白可能会付出被开除的代价，你说还要表白吗？”

曼陀铃这才慢慢相信陈怀均是真的有对象了，而且可能确实到了不能自拔的境地，曼陀铃重新审视着陈怀均，说：“只是表白而已，有那么严重吗？”

“很严重，因为她不是学生。”陈怀均说。

“难道是老师？”曼陀铃问。

陈怀均明显不想让自己的秘密继续泄露，也许他真的意识到了这个泄露的严重性，赶忙说：“算了算了，不谈我了。”然后他转移起话题：“这次回来想不想去见见金晶晶，当面向她表白？”

“有必要吗？”曼陀铃反问陈怀均。

“当然有必要，如果是因为你们现在都必须学习才暂时不谈恋爱，你可以等；如果是因为她对你压根就没感觉，那你就趁早死了这条心。我看班上喜欢你写的诗的女生不在少数，你也好重新开始。”陈怀均说。

曼陀铃思量着陈怀均的话，觉得也许有那么一点道理，但他没有勇气只身迈进金晶晶家商店的大门。金晶晶的家庭在乡里很有名望，她的哥哥在上海发展得相当好，黑白两道通吃，承包了很多辆往返上海与乡镇的客车，还常为乡亲打抱不平；金晶晶爸妈经常住在上海，她家的店铺现在由她姐姐打理着。

陈怀均指着前方一个商店的门口，说：“站在那里的那个女的，应该就是金晶晶的姐姐。我去帮你问下金晶晶是否在家。”

说罢，陈怀均便跑到金晶晶姐姐跟前，打听着。没一会，陈怀均兴致勃勃地拉起曼陀铃的手，说：“快去啊。”

当曼陀铃快到金晶晶家店门口时，感觉双脚不听使唤，很是沉重，需要使出浑身的气力才能继续往前。这时，金晶晶正从店里往外走，停在曼陀铃跟前。

陈怀均见曼陀铃和金晶晶有些不自在，就说：“我去店里看看有什么要买的。”

“昨天回来的？”曼陀铃问金晶晶。

金晶晶看着曼陀铃，朝曼陀铃点点头。

此刻，曼陀铃与金晶晶之间既亲切又陌生，曾经那个脸蛋红润润的女孩长大了。

“去店里面坐坐吧。”金晶晶说。

当曼陀铃和金晶晶走进店里时，曼陀铃叫了金晶晶姐姐一声“姐”。

金晶晶姐姐没有跟陈怀均搭话，转而打量起曼陀铃来，说：“你就是曼陀铃？”

曼陀铃向金晶晶姐姐点点头，说：“是。”

金晶晶姐姐不悦地说：“那你先跟我妹进去坐着吧。”

曼陀铃跟着金晶晶走进了商店后面的会客厅，电视还在开着，金晶晶端着一杯水递给曼陀铃，曼陀铃说：“不用客气。”

短暂的不自在后，曼陀铃和金晶晶便聊起了关于学习的事情，金晶晶说数学和物理是自己的短板，学起来很吃力。

听到金晶晶遇到了学习上的困难，曼陀铃有了一种莫名的自责感，似乎帮金晶晶学好数学和物理是自己应尽的义务，曼陀铃向金晶晶分享自己的经验：“先不要急，你每天晚自习，尝试着做一到两道比较复杂的题目，掌握每类题的规律，你会慢慢发现越来越简单。希望我能帮得上你。”

“你怎么帮？”金晶晶忧郁地说。

此刻，曼陀铃多么希望自己和金晶晶是在同一所学校，他沉思了一阵子，说：“以后我们每周都回来可以吗？我外语也很差。”

“你爸妈同意吗？如果他们知道是你为了我才回来，你爸妈还会让你经常回来吗？”金晶晶依旧有些忧郁。

“如果我回来有助于学习，我相信他们是会同意的。”曼陀铃说。

金晶晶摇了摇头，然后将胳膊支在茶几上，右掌托着前额，下垂的刘海遮住了自己的面颊。

看着金晶晶，曼陀铃只感到心如刀绞的痛。客厅里一片寂静，曼陀铃眼前开始浮现金晶晶小学时童真的眼神和笑容。曼陀铃想快快长大，不被学校、老师和爸妈的殷切希望约束，这样他就可以保护金晶晶，不让金晶晶受一丁点委屈。曼陀铃隐约看见自己的双臂朝金晶晶伸去，将她揽入了怀抱，曼陀铃看到金晶晶忧伤苦楚的泪滴。

“你神经病，竟然敢暗恋老师！”这是金晶晶姐姐的声音，声音里夹杂着恐慌与不安。

曼陀铃听见两双脚步声“嘚嘚嘚”一前一后急促地往客厅里走来。

金晶晶本能地推开了曼陀铃，两个人还没缓过神来时，金晶晶姐姐和陈怀均就一前一后走了进来。金晶晶姐姐明显地从曼陀铃和金晶晶的表情上感觉到了些什么，顿时怒不可遏：“你就是曼陀铃?！”

曼陀铃点点头。

“你是学生还是流氓?！”金晶晶姐姐仍然怒气冲天。

金晶晶也生气了，对她姐姐说:“姐，你想干吗啊?”

“你说干吗！都找到家来了！我还想问你们到底想干吗！”她对金晶晶说:“爸妈要知道你们的事情，不被气死才怪！”

金晶晶低下头去。

金晶晶姐姐将“枪口”对准着曼陀铃:“你的诗写得确实不错，但是不应该整天写给我妹妹，她还要考大学！你们的那些破事我早知道，我一直忍着。”

“你怎么能偷看你妹妹隐私呢?！这是违法的，难道你还不知道吗?”陈怀均仗义直言。

“违法！隐私！你们还有脸提这些。就你，连老师都不放过，你说你还叫学生吗?”金晶晶姐姐冲陈怀均喊。

陈怀均气急败坏地说:“你再提这事，我对你不客气！你信不信?”

曼陀铃见事情正在朝不可收拾的地步发展，连忙拉起陈怀均的胳膊，说:“好了好了，回去了。”

陈怀均挣脱开，高声说道:“我的事情只有你们三个知道，谁也不许再说。”说罢，伤心地跑了出去。

金晶晶眼圈泛红，艰难地朝着曼陀铃说:“你也走吧，我再也不想见到你了，我们没有一点可能。”

曼陀铃无奈地朝金晶晶摇摇头，眼睛辣辣的。

曼陀铃看到金晶晶也在无奈地摇头。

曼陀铃不忍心看到金晶晶痛苦的样子，只能狼狈不堪地拖着沉重的脚步朝店门外快跑而去。他就这样脑袋空空地在这条七米来宽的乡村街道上走着，偶尔有上街买东西的同村人朝他打招呼，他就点点头敷衍着。

当曼陀铃走到这条小街尽头时，他本能地朝那片小树林走着。走到树林里，他选了一棵靠里面的大树，坐在了树下的草地上，然后双眼一闭躺了下去。耳边响起鸟儿清脆的叫声，不远处偶尔会传来乡亲劳作的吆喝声，这些又把他带回到童年的快乐时光，脑海里不时闪现金晶晶小时候的样子——荷叶领上托着一个红润润的脸蛋。

曼陀铃不知睡了多久，忽然听到一个哭泣的声音，他大声喊了一声“金晶晶”，猛地坐起身，四处张望，周围什么人也没有。曼陀铃告诉自己，这是幻觉，于是又泄气地躺了下去。

眼睛刚一闭上，那个啜泣的声音又在耳边响起，而且越来越近。曼陀铃本能地想到了鬼怪，他正要坐起来，这时一只手搭在了他的肩膀上。曼陀铃猛地睁开双眼，吓得跳了起来，准备拔腿就跑，这时，后面响起一阵大笑。

曼陀铃回过头去，只见陈怀均蹲坐在自己身后，咧嘴大笑着，脸上还挂着泪痕。

第5章

天才陈怀均的陨落

五一假期里，曼陀铃看着父母没日没夜劳作的身影，渐渐忘记了所有与青春、学习、学校有关的事情，他跟父母一起全身心地投入到田间劳作中。尽管体力劳动很累，但他每天晚上一倒床上就呼呼大睡，不做梦，大脑仿佛彻底停止了运作，他觉得这样劳动很有快感。

五一假期过后回到学校的第一天，曼陀铃就收到了金晶晶的来信，收到信的那一刻，他心里猛地一沉，他有一种不祥的预感。曼陀铃躲在校园里某个角落，拆开了信封，他心神不定地看着：

曼陀铃：

你好，那天你从我家离开后，我把自己关在房间里想了很久很久。我不怪我姐姐，希望你也不要生她的气，可能我姐姐说得也没有错。现在我们都很年轻，也都很幼稚，更谈不上懂事，很难分辨什么是对的、什么是错的，什么是该做的、什么是该放下的。虽然这对我们来说是一个迷惘的季节，但我知道，我们都是农民家的孩子，要想跳出“农门”，只能走学习这一条道路，所以学习对现在的我们来说最最重要，没有什么能比学习更重要。我很感谢你能给我写信，给我带来了不少惊喜。但是，我也知道，我们只有断了联系，彻底地断了联系，我们才能全身心地投入到学习中去，所以，我请求你再也不要给我写信了，在没有考上大学之前，希望我们不要有任何联系，不要见面，否则我们会没有心思去读书，会失去理智，会考不上大学，会让父母亲失望,还会给他们带来无形的压力。如果你还想写信，你就想金晶晶已经死去，已经不在这个世界上，过去的都过去了，一个已经死去的人没有什么值得去留恋，即使你留恋，她也不会有任何感觉……

看完信后，曼陀铃有些忧虑，他担心金晶晶是不是真要干什么傻事。于是，曼陀铃匆匆忙忙找到了陈怀均，告诉陈怀均自己要请一天假，要去金晶晶学校,他怕金晶晶会做出什么傻事。陈怀均夺过曼陀铃手中的信，快速地看了一遍，然后告诉曼陀铃，凭他陈怀均的智商可以断定金晶晶不会有任何事情，即使真的有事情，曼陀铃赶去金晶晶学校也一样见不到她，因为她已经铁了心要跟曼陀铃断绝关系了。

一连好几天，曼陀铃都在问自己，什么是对的，什么是错的？什么是该做的，什么是该放下的？这些问题曼陀铃想了很久，可是一直想不通，后来他也懒得去想了，但是他告诉自己或许学习的确对他们来说“最最重要”。于是,曼陀铃决定不再写作,不再看那些与教科书无关的文学作品,他要好好读书,等自己长大了、有出息了再开着小车去到金晶晶的窗外,大声唱着《窗外》那首歌,将金晶晶带走,一起去看更广阔的世界。

这段时间,是曼陀铃很痛苦的一段时间,当他心情低落时,总是想给金晶晶写信,但想到金晶晶信中的话,他眼前就浮现出金晶晶死去的情景,心里冷飕飕的,整个人都像掉进了冰窟窿,仿佛嘴都冻硬了,想哭都咧不开。就这样,曼陀铃重又迎来了青春季节里的黯淡期,而且这种黯淡不知何时才能消散,他甚至觉得,或许它永远消散不了。

这段时间里,高霖雨和童思宇,总会问曼陀铃是不是真的失恋了,怎么一下子就消沉下去了。曼陀铃总是朝高霖雨和童思宇笑一笑,他没办法用语言来回答。当教室里只有高霖雨和曼陀铃在时,高霖雨就直截了当地跟曼陀铃说:“其实,你瞒不了谁,你跟你那位青梅竹马之间,一定出了问题。但是,让我想不通的是,那种力量真的很强大,让人无法想象的强大,它能让你消沉到这种地步。可能你自己已经麻木了,感觉不到自己消沉得多厉害,但是我整天坐在你后面,想看不到都不行。你知道吗?我每次看到,就像看到了什么大煞风景的东西似的,心情特别不好。你自己开不开心,消不消沉,不关我的事,但是你坐在我前面,影响了我的心情,就是你的事……”

曼陀铃沮丧着说:“对不起,要不……”

高霖雨打断了曼陀铃的话,说:“要不就换座位?换走是吗?难道你这种心情,影响我一个人还不够,还想传染给班上所有人?”

听高霖雨这么一说,曼陀铃更加无地自容,高霖雨的每一句话就像一颗子弹,准确地击中了自己心灵深处最柔软的部位,曼陀铃感到疼痛不已。这天晚自习后，陈怀均问曼陀铃是不是想忘记金晶晶，却又无法忘记。曼陀铃只是长叹一声未做回答。陈怀均拉起曼陀铃的胳膊，说喝酒去，喝个不醉不归。

酒桌上，陈怀均告诉曼陀铃说："我再也忍不住了，我一定要向她表白。"

曼陀铃意识到了问题的严重性，如果陈怀均暗恋的人真的是老师的话，表白很可能给陈怀均带来毁灭性的打击和永远无法愈合的创伤，曼陀铃很认真地说："你疯了！"

陈怀均说："我确实快要疯了，不跟她表白会被憋疯，还不如明明白白地疯掉。"

曼陀铃说："你这么聪明，成绩这么好，为这事毁了自己的前程，你觉得值吗？"

陈怀均一把抓住他的衣领，气势汹汹地说："我将你当成最好的朋友，连你都不支持我，还有谁能支持我呢？难道你想看到我真的就这么疯了？"

曼陀铃本能地扯开陈怀均抓着自己衣领的手，很想使劲给他一拳，让陈怀均从痴迷中清醒过来，但是曼陀铃没有，他只是说："继续干杯，不醉不归！"

这晚，曼陀铃和陈怀均喝了不少啤酒，直到店老板说要关门下班了，他们俩才肯离去。离去前，一人又拿了两瓶啤酒，走到了操场上，在操场最偏僻黑暗的角落喝了起来。两个人喝着喝着，就坐到了地上，再喝着喝着，就躺到了地上，然后又都哭了起来，像小孩子似的，伤心地哭着。曼陀铃说金晶晶可能真的死了，自己一连好几天都梦见金晶晶真的死了。

陈怀均说，如果自己真的疯了，会不会很可恶，会不会被关进铁笼子里。

至于陈怀均是否向暗恋的老师表白过，没有人知道。但是曼陀铃从陈怀均上英语课时的眼神看出，陈怀均真的暗恋上了老师，而且极有可能就是他们的英语老师——陈老师，高挑的身材，讲英语时显得特别干练，平时总爱穿身粉红色的连衣裙、戴副粉红色的细框眼镜。

据说陈老师的父亲是县里的某位退休老领导，陈老师是班主任老曹的同学，据说老曹跟陈老师曾经有过一段恋情，但是有因无果，还有传言说陈老师是一中未来的接班人。

有段时间，陈老师总是喜欢提问陈怀均，很多情况下陈怀均的回答都是牛头不对马嘴，整个教室笑成一片，英语老师气得满脸通红，这位班长的声望就这样一天一天往下滑。

同学们对陈怀均议论得越来越多，他们都管陈怀均叫"神经病"，陈怀均听到这个时，格外气愤。他经常发了疯似的问曼陀铃："曼陀铃，你说我真的有'神经病'吗？我从小学到高中，从来都是班上第一名，这点是不用怀疑的，我一定要拿出第一名的成绩来证明他们才是'神经病'。"

放暑假前一个月，有一天英语课上，英语老师忽然中断教学，扔下手中的教科书，拿着教棍，冲下讲台，站立在陈怀均面前，怒不可遏地说："你给我站起来，将双手举起来！"

陈怀均低着头，站起来，双手紧握拳头抱住后脑勺，仿佛一名溃败的俘虏。

英语老师怒气冲冲地说："手上拿的是什么，将手伸出来，将拳头摊开！"

陈怀均头仍然低垂着，两只拳头仍然抱着后脑勺。

英语老师命令陈怀均："将手伸出来，将拳头摊开！"

陈怀均将拳头摊开，哭着声说："我错了，这次，求求你放过我，以后再也不敢了！"

英语老师猛地抓住陈怀均手中的小圆镜，往地上使劲一摔，小圆镜瞬间化作碎屑。而后，英语老师手中的教棍高高举起，使劲朝陈怀均的头部打去。

陈怀均本能地用双臂护着头部，号啕着："这次我错了，以后再也不敢了，你能放过我吗？！"

英语老师涨红了脸，泪水滑过了她的面颊，她气急败坏地说："你！你给我滚！滚出去！滚出一中！"

陈怀均疯狂地号叫着冲出了教室，教室外的走廊上，急促的脚步声夹杂着哭叫声，久久才消尽。

英语老师弯下腰去，从陈怀均的课桌下面捡起了一块大面积的反光镜，也发疯了似的抱着教科书气冲冲地跑出了教室。

中午饭后，寝室里陈怀均满脸泪痕，并不停地折腾着自己，拼命骂自己"我不是人""畜生都不如"，两只手不停地朝自己的面部啪啪地打去。

曼陀铃想要制止陈怀均这种失去理智的自虐行为，陈怀均却猛地将他推开，并朝曼陀铃吼叫："我自己的事情，你们谁也不要管！"

待邓立明进了寝室后，曼陀铃和邓立明一起强制性地将陈怀均按在了床上，这才让陈怀均的自虐行为停了下来。他趴在床上，"呜呜"地伤心地哭着，嘴里有一句没一句地说着："从小到大，没有谁敢这么侮辱我……我这么聪敏怎么就配不上她……我又没伤害她，为什么连我暗恋的权利都要剥夺……”

在接下来的班主任课上，老曹宣布英语老师陈老师因职务变动不再担任这个班的英语老师，此外，他又一次叮嘱大家，高中三年已经过去了两年，还剩下最后一年，只要再好好坚持一年，大家就解放了，进了大学就“自由”了。而那些进不了大学的学生要么选择复读，要么将去做农民工卖苦力，重复着父辈们的生活。

这次打击过后，陈怀均像换了个人，举止言谈不再是之前的“秀气”，而是变得粗犷鲁莽起来，而且他开始油嘴滑舌了，还成了邓立明的跟屁虫。邓立明信誓旦旦地告诉陈怀均：“你聪明、帅气，就是缺少男子汉的血气，这个学期内一定将你打造成校园明星，让无数女生对你爱得死去活来。”

邓立明的一番话说到了陈怀均心坎里，很快，陈怀均就走出了阴霾、恢复了朝气。邓立明提议，为了庆祝班长大人的“重生”，寝室应该举办一个聚会。陈怀均高兴得差点蹦了起来，嚷着说要自己做东。

这次聚餐，大家很开心、很尽兴，还喝了不少酒，一个个都喝得晕乎乎的，趴下的趴下，倒地的倒地。邓立明忽然说：“兄弟们，我今天喝得太开心了，我请大家去小北门‘爽’一夜。那录像馆的老板我熟悉，他老婆还真是个性工作者呢，我带大家去那里看录像，怎么样？”

大伙是怎么回到寝室的，有谁去看录像了，曼陀铃浑然不知。那夜，曼陀铃又喝醉了，又梦见了金晶晶，金晶晶正在被她姐姐和她家人批评着，金晶晶一句话也没有说，只是静静地坐在沙发上低着头、流着眼泪。那夜，曼陀铃梦见金晶晶死去的场面，很是恐怖阴冷，他梦见自己为金晶晶的死哭得撕心裂肺，哭得惊天动地……

啪啪啪，啪啪啪。

敲门声扯断了曼陀铃的梦，曼陀铃醒了，心里本能地一惊——是不是有痞子敲诈来了？他摸出枕头下的电子荧光表：2点20分，迷迷糊糊听见了邓立明轻微的叫声："是我啊，快开门啊。"

曼陀铃这下才想起来邓立明他们今天到小北门去了，曼陀铃跳下床，打开门。

几个黑影涌进门来，气喘吁吁的，没人答话，只有邓立明"嘘"了几下，暗示不要出声。曼陀铃这才意识到出了事情，他插上门闩。大家都和衣躺下，用被子蒙着头，发出窃笑。很快，廊道响起了脚音，"嘭嘭"，门被撞了两下。

脚音远去，消失。

一阵发狂的笑声，打破了寝室的寂静。

邓立明："要不是我们逃得快，肯定进监狱了。"

曼陀铃也清醒了过来，问："没看A片？"

邓立明鼓吹："同志们，尽管放心，录像室不会这么容易就被封的。听老板说，在警察局里，他有很多拜把子兄弟，如果出了什么问题，只要一请客，就什么事都没有了！下次开封，我再带兄弟们去，去给老板捧场，是免费的。"

第二天数学课前，老曹幽灵般地出现在门口，久久没有出声，他观察着教室的每个角落，他的脸上先是一副震惊的神情，这种震惊又慢慢被一种昏暗阴沉的怒气淹没。他冲上讲台，拳头紧握，捶向讲桌。一声巨响在讲台上响起，整个教室笼罩在一片阴沉的气氛中。

讲台下面同学们的头低了又低。

老曹在咆哮：

“你们是人吗？我看有些同学简直连猪都不如！猪还听主人的叫唤，而你们呢！不听父母的叮嘱，不听老师的教诲。哪有像你们这样的高中生，一天到晚都在混！混什么混！要混回家混去，到你父母面前混！”

“我一直认为有些人成绩不好的原因是学习方法不当，现在我总算明白了。我先给你们透个信，我手上有足够的证据开除某些人。但看在你们父母的分上，这次不开除你们，给你们发个毕业证，你们别不识好歹……”

“昨晚发生了一些事情，至于是什么事情，相信某些人心里有数，在这里我给你们一些面子。但是，我必须警告你们，这件事情还远远没完，学校领导正在追查。一旦查出来了，某些人至少是记过处分。记过处分，你们知道是什么吗？是你们一辈子抹不掉的污点，会被记在档案里，跟随你们一辈子，会影响到你们的大学录取、入党，甚至就业等等；被记过就等于砍断了你们一条腿，往哪里走都不方便！知道吗？！你们！！”

老曹咆哮了半天，终于停了会儿，四周打量着，好像在寻找猎物似的，然后目光定格在陈怀均身上。

同学们都低着脑袋，鸦雀无声，陈怀均更是恨不得往课桌下面藏。

老曹忽然喊道：“陈怀均！”

陈怀均的头轻微地点了点，示意已经听到了老曹的点名。

老曹继续喊：“陈怀均！你给我站起来！”

陈怀均缓缓地站立起来，脑袋耷拉着，低得无法再低。

“你知道你最近都在做什么吗？你作为一班之长！你扪心自问，还够资格、还有脸面当这个班长吗？！”老曹说完，走下讲台，来到陈怀均身旁，左手一把提起陈怀均的脑袋，右手啪啪地扇了两个耳光。

老曹语重心长地对陈怀均说：“今天这两个耳光是有点重，你仔细想想，这是为什么？”然后话锋一转，“今天，我郑重宣布，陈怀均不再适合担任班长职务，近期会公布新的班长由谁担任，公布之前班长的职务由副班长代理执行。”

陈怀均忽然说：“曹老师好，我想退学！”

这下可是火上浇油了，老曹吼道：“不读就给我滚回去，这里不是菜园子，想来就来想走就走，一旦踏出一中校门，一中将不再认你这个学生……”

老曹话音未落，陈怀均发癫似的说“好，我这就走”，于是他抱起书狼狈而去。

老曹目光紧跟着陈怀均的背影，还没待老曹开口，陈怀均就消失在他眼前。

从此，陈怀均再也没有踏进过教室，他的生活物品是他父亲来收拾弄回去的。

后来，陈怀均可能在家继续研究并试验着他所推崇的《弗洛伊德精神分析法》，有传言说他真的疯了，从小被父母娇生惯养的他不会做农活，整天在家里领着一帮小朋友们玩耍。

再后来，时间冲淡了同学对陈怀均的记忆，陈怀均这个名字渐渐在班级里尘封起来。

第 6 章

童思宇的成长烦恼

不论你经历怎样的悲欢离合，青春，它仍然会一如既往地向前延伸。夏季的燥热，继续考验着身处青春期的人们，男生们总是喜欢去冲凉房，把一盆盆冷水往身上浇，想用这种方式浇灭内心深处躁动不安的灵魂。

原来陈怀均睡的床，睡的不再是陈怀均，而是曼陀铃的同桌江心洲。寝室的氛围，并没有因为陈怀均的离开而发生明显的变化，也没有因为一盆盆凉水对身体的冲刷而冷却，一切一如既往。

晚自习后的男生 108 寝室里，邓立明每天继续分享着他的爱情理论和“地下情报”。

寝室里被谈论得最多的女生仍是童思宇，室友们抱着各自的幻想，懒懒地躺在床上，乱说一气。

有一次，邓立明对曼陀铃说：“陀铃，我说，你的墨水干吗要放童思宇那儿啊？”

曼陀铃愣了一会，朝邓立明大声说："人家没还，你好意思要吗？不就一瓶墨水而已。"

邓立明接过曼陀铃的话："你是故意放童思宇那里的吧？"

江心洲接过话茬："凭诗人的想象力，可以借题发挥啊。"

经过邓立明和江心洲这么一提醒，曼陀铃开始想着怎样才能"借题发挥"一下。他首先想到的是，每天到童思宇书桌旁给钢笔上墨水，但是这个想法很快又被自己否决了，这样接触不是太过频繁和亲近了吗？曼陀铃想，那就每次上墨水的时候，找童思宇要墨水，然后又还给她，这样既体现了自己的大度，又能接触到童思宇，还能保持一定的距离。

曼陀铃的思绪就像一匹活蹦乱跳的马匹，他突然想问自己，还喜欢金晶晶吗？心里的回答是当然喜欢。但是，在他心里金晶晶已经死了。再后来，曼陀铃想到了自己村庄里的叔叔辈们，有人妻子早逝，后来没过多久又娶上新的了。想到这里的时候，曼陀铃看到了自己内心有一个黑暗的角落，他无法看清角落里到底藏了什么。他因为自己有这种想法而鄙视自己，心里说了声"俗气"。但很快他就又开始自我安慰，想着既然他心里的金晶晶已经死了，她也一定希望曼陀铃快乐，正如金晶晶最后一封信中所言，她希望曼陀铃将她忘记，所以他也只能忘记。想到这里，曼陀铃内心产生了一阵剧烈的疼痛感，他感到伤心，难过，甚至悲哀。

经过一夜的辗转难眠，曼陀铃似乎真的浴火重生了。清晨，曼陀铃看见窗外太阳的时候，心情格外轻松舒畅，消失已久的朝气、活力重又迸发。白天，曼陀铃第一次找童思宇要墨水的时候，童思宇眼睛瞪得大大的，看了曼陀铃好一会儿，似乎有点不太高兴，嘴里嘀咕了句什么，叫邓立明把墨水递给了曼陀铃。曼陀铃上好墨水后，又叫邓立明传给童思宇，这时邓立明表现出很明显的不愿意，对曼陀铃说了句“你们一瓶墨水搞得那么复杂”，但是邓立明将墨水送到童思宇面前时，却满脸堆笑。

曼陀铃再找童思宇要墨水时，就“喂喂喂”地朝童思宇喊。童思宇撒娇似的瞪大双眼，抿起红唇，微微晃动身子和脑袋，说：“喂，我告诉你，我不叫‘喂’，我叫‘思宇’，记住了吗？”又说：“拿笔来，我替你上，墨水就放我这。”

童思宇将手中的钢笔递给曼陀铃时，他看见童思宇满脸通红。曼陀铃取下笔套，笔被擦得雪亮，宛如胎儿的眼睛。可他没写几行字，钢笔又没墨水了。难道童思宇要我？——曼陀铃下意识这样想。他的目光转向正在写作业的童思宇，说：“你怎么没上呀？”

“你说什么啊？我没听清。”曼陀铃连忙抬起头说。他觉得事情很蹊跷，因为刚才自己明明目睹了童思宇从拧开笔套到上墨水的全过程。曼陀铃说：“我的笔又没水了。”李进传过笔，很不情愿的样子。再后来，童思宇只好叫邓立明帮着传递。曼陀铃再次取下笔套，笔仍像胎儿眼睛般清亮。可又没写几行，水又没了。曼陀铃心想，一定是童思宇在要弄自己，于是没有好口气地朝童思宇说：“又没水了，你没要我吧？”

听到这话，童思宇一脸怒气，跟曼陀铃说：“拿去！拿去！还不识好歹！”邓立明传过墨水放在曼陀铃的课桌上。曼陀铃边上着墨水边想，童思宇为什么要要我呢，看我出洋相，为她生气……

“喂，喂，喂。”这是童思宇的声音。

曼陀铃抬头看去，看见了童思宇的眼睛，那双眼睛仿佛会说话，说自己是无辜的。此刻，一团白色卫生纸在空气中做着抛物线的运动，落到了曼陀铃的手中。曼陀铃用这团卫生纸擦笔上残留的墨水，这时他发现，墨水在纸上迅速地发散，白色的卫生纸很快被染上了一团大大的黑窟窿，曼陀铃恍然大悟。曼陀铃满是歉意地看童思宇时，童思宇也正在望着曼陀铃，而后，曼陀铃和童思宇彼此会心一笑。

就这样，一瓶墨水成了曼陀铃和童思宇接触的理由，只是他们俩接触得越多，邓立明就越不高兴。邓立明曾私下问曼陀铃到底喜不喜欢童思宇，如果喜欢，他到底喜欢童思宇哪里。曼陀铃明显没有准备好答案，或者可以说他心底没谱。他反问邓立明："谁说我喜欢童思宇？"

邓立明说："你就别装了，你没见教室里经常有人议论你们吗？我想，这种声音一旦传到老曹耳朵里，你肯定没有好下场，你看，陈怀均不就是血淋淋的教训吗？"

听到这些略带威胁性的语言，曼陀铃一时控制不住自己的情绪，对邓立明也没有好言语："想不成，你威胁我？你去老曹那里告发我？！"

夜深人静的时候，曼陀铃问自己，真的喜欢上了童思宇吗？应该还没有。他在心里回答。或许是不敢去喜欢吧，或者说害怕去喜欢，害怕到头来又弄成像金晶晶那样的结果，甚至更坏。曼陀铃心里这么想着的时候，童思宇那梁咏琪般的发型和面容，以及那瞪得大大的眼睛，还有传递钢笔那时面颊羞赧的红润，异常清晰地在他脑海浮现。

一节体育课上，体育老师让同学们自由活动。童思宇于是约曼陀铃去阅览室。曼陀铃问她："是不是只有我们俩？"童思宇说"不是"。他又问"还有谁？"，童思宇说："我妹，还有邓立明，都在外面等着。"曼陀铃有点失望，说："我约了跟江心洲下象棋，要不你们去吧。"

"那我也不去阅览室了。"童思宇说。

曼陀铃问童思宇："是不是失望了？"

童思宇白了曼陀铃一眼，说“鬼才为你失望，想得美”，接着又说：“我现在想学下棋，你教我？”

曼陀铃说：“一个女孩子，学什么象棋？”

童思宇二话不说，就在曼陀铃身旁的位子上坐下。

当曼陀铃和江心洲一盘象棋结束时，曼陀铃才发现旁边的位子空了，他猛然想起自己旁边的童思宇，叫着童思宇的名字。曼陀铃看向童思宇的位子，他看见童思宇失望又恼怒的目光，似拷问一般落在自己身上。倏地，曼陀铃仿佛闯了大祸似的心虚、愧疚，心里有一种说不出的滋味。

“叫什么！还有你这样的男孩子！真罕见！只顾自己下棋，我走了你都不知道！”童思宇冲动地说。

曼陀铃狼狈不堪，像被点中穴位似的，不能开口，童思宇字字如冰，打得自己好凉好痛。他垂下目光，憋了好久，才说了一声：“对不起。”。然后，曼陀铃头猛地一转，走出了教室。

寝室里只有曼陀铃和邓立明，邓立明坐到曼陀铃身旁，沉默一会，一本正经地说：“曼陀铃，思宇都跟我说了。她很清楚，你心中只有你的青梅竹马，你跟思宇只不过玩玩而已。我知道，你跟思宇的事，我本无权过问。但起码，你不应该让她不开心。我知道，我没你的才华，但我对她是真心的……”

说着说着，邓立明的眼眶还真的红了一圈。

曼陀铃问：“童思宇跟你说了些什么？”

邓立明：“没什么，就叫你没事就别去打扰她，她会活得开心的。”

曼陀铃：“那你跟她说了些什么？”

邓立明吞吞吐吐地，说：“没，也没什么。

从这开始，曼陀铃与童思宇的联系中断了，曼陀铃写字用的钢笔也换成圆珠笔了。但是，与童思宇中断联系的几天里，曼陀铃发现自己过得并不开心，他偷偷地瞅童思宇，发现童思宇成了一个只会写作业的机器，也很少讲话，很少有银铃般清脆的笑声。曼陀铃想，或许跟童思宇保持着纯粹的同学关系，这样彼此都会更轻松，但关键是，这条路还没有开始就要退缩回来，这不是男儿所应有的风范。

曼陀铃用钢笔用习惯了，为了继续用，他重新买了一瓶同牌子的墨水。一天中午，曼陀铃见教室里没有人在，就想看看自己的墨水还在不在童思宇课桌里，童思宇是不是已经将墨水当垃圾扔掉了，他认为这点对自己很重要，他觉得如果童思宇真的将墨水扔掉了，自己也就可以彻底地死了这条心。

曼陀铃走到童思宇课桌前，心里想，如果童思宇知道自己来过她的位子，她会不会很生气，毕竟这是侵犯童思宇的隐私权的。在曼陀铃这么想着的时候，他的手已经将童思宇的课桌门打开，课桌里面摆着两瓶墨水，一瓶是曼陀铃的“英雄”，另一瓶是童思宇的“老板”。曼陀铃看见了墨水底下垫着一张写满字的纸，于是就顺手抽了出来，上面写着：

最近也不知怎么搞的，总觉得力不从心，真不知前面的路如何才能走完。当年，妈妈要她们去念职校，可她不甘心求学生涯就那样结束。今天走在自己选择的路上，真累，不知为什么老天要安排让他们相识，他的才气、他的毅力、他的成熟，真让人无法控制地想靠近。但毕竟，他们不属同一条船上的人，他不需要她的牵挂和思念，他只想流浪。她又能怎样呢？

本以为 18 岁就能画上句号，可是每每见到他，就想走近他，走进他的视野，走入他的心灵，可是，这是那么的艰难。也许这一切都是梦吧，一生也忘不掉的梦，也许是一种冲动吧，一种无法抗拒的冲动。她没什么奢望，只想做他的朋友，她也就知足了。

爸妈，她真的对不起你们，请原谅她，她会好好读书的。她会将他深深埋在心底的，永远永远。

思宇书

他是谁？曼陀铃困惑起来。我，邓立明，还是其他人？曼陀铃心想，不管答案是什么，可以肯定的是，童思宇的内心深处，正游走在一个非常危险的地方。曼陀铃决定，自己要尽快跟童思宇和好，并尽可能为她做些什么。

曼陀铃坐在自己的课桌上发着呆，忽然，他想为童思宇写一首诗歌，还想为她画一幅素描。曼陀铃有把握，自己一定能将童思宇画得很像她本人。这天，曼陀铃为童思宇写下了一首题为《青春·忧伤》的诗歌：

梦中的背影忧忧/如同十八岁的雨稠/沉沉的心/在无际的原野游走//看着你冰冷的面庞/我渴望夕阳/看着你灿烂的眼神/我渴望晨露//偶尔，徘徊/偶尔，泪滴/偶尔，心如动人的音符/为你，因我//手中的火把，前方的路/是你醒来耀眼的虹彩/照

亮梦，照亮明天的方向//苦荞麦的香/是青春对你的祝福/走吧，大胆地走/这季，注定泥泞，痛并快乐

为了找机会将这首诗送给童思宇，曼陀铃就一直在教室里待着，等着教室里只剩自己和她。虽然曼陀铃的等待只有几个小时，但是他感觉时间过得很慢。他忽然想到，这几天童思宇只顾埋头做着作业，但是她心里到底在想些什么呢，也在等待吗？曼陀铃无法知晓。如果童思宇也是在等待，那这么多天的等待，对她又是何等的煎熬。曼陀铃想到这里，感觉十分愧疚，似乎恍然间知道了等待的味道。

晚自习前，教室里的人很少，正如曼陀铃期待的，童思宇来了。曼陀铃厚着脸皮、鼓起勇气向童思宇抛去了问候的眼神和微笑，但回应曼陀铃的仍然是她冰冷的面颊和不屑一顾的眼神。曼陀铃镇静了会，慌慌张张地起身走到童思宇跟前，开口说："我写了一首诗歌，给你的。"

童思宇轻轻放下手中的笔，看着曼陀铃。她好一阵子才反应过来，头点了几下，又缓缓低下。曼陀铃将手中的本子摊在了童思宇的课桌上。他看见童思宇无法遮掩的欣悦溢到了脸上，听到了童思宇轻声朗诵的声音，像山涧的溪流潺潺淌过圆润的石头时发出的清脆悦耳的音符。

童思宇缓缓抬起头，将目光移到了曼陀铃的脸上打量起来，最后定格在曼陀铃的胸口。她眼睛红了，或许是想哭。她打了几个冷战，收回目光，不安地坐着，不一会，又抬头淡淡一笑。曼陀铃静静地看着童思宇，一言未发。教室里很静，出奇地静，像幽梦般的静。

在接下来的日子里，曼陀铃和童思宇又恢复了正常交往。一有空，曼陀铃就偷偷地画素描，画的正是童思宇，在这张素描还没全部完工时，

就被李进发现了。童思宇当着大伙的面，要看曼陀铃画的那张素描，曼陀铃说没有完工，童思宇说残缺才更加美丽。

就在曼陀铃将画传递给童思宇的刹那，两人的手都颤抖起来。高霖雨问曼陀铃画的是谁。曼陀铃说，是梁咏琪。高霖雨说，梁咏琪有这么年轻吗？是梁咏琪的妹妹还差不多。童思宇说确实很像，就送给我吧。童思宇将这张与自己很是相似的素描贴在床头，没事时总喜欢盯着这张画发呆。

第7章

她走进了曼陀铃的视野

离高二期末考试还有一个月的时候，县各高中公布了《县教委关于全县高二学生举行一次摸底会考的通知》，会考采用类似高考的形式，将高二学生全部集中到县一中和二中统一进行，会考成绩将作为教职人员升迁的考量指标，也是为了让即将进入高三的学生全面冲刺高考做提前预热和把关准备。

班主任老曹解读说："通过这次会考，县教委可能会进行重新分班，甚至对全县范围的教职人员进行调动，将最优质的教师资源集中到最优秀的学生身上，以促进高考录取率的提升。这是县教委经过全盘考虑而做出的重大决定，这意味着可能有一批学生要离开这个教室，去到镇一级的高中读完最后一年，而这些学生将被视为'获得自由'以及被学校教育放弃。具体实施方案已经上报上级教育部门，等待审批落实……"

听到老曹的这么一番解读，教室里一片寂静，同学们你看看我、我看看你，每个人的眼神中都充满了即将离别的哀伤。

老曹继续说："所以，我需要再次提醒每位同学，这个社会是残酷的，是遵循'优胜劣汰、适者生存'这一基本自然法则的。对于想要上大学的学生，我希望你们能紧迫起来，能更努努力；对于那些只想混个毕业证的同学，我也由衷地告诉你们，别去影响你同学的学习……"

曼陀铃听着老曹这番话时候，首先想到了金晶晶，他眼前浮动着金晶晶正躺在一棵大树底下的场景，她睁开着惺忪的睡眼，缓缓坐起身来，在寻找着什么，前世或今生，金晶晶又活了过来。然后，曼陀铃脑中闪现着自己和金晶晶同桌参加会考，抑或两个人在不经意间偶遇的情景，他们一起坐在某棵大树底下，聆听着彼此的心跳，曼陀铃向金晶晶复述老曹对这次会考的解读，曼陀铃鼓励金晶晶好好考，在高三时调到一中来读，相互取长补短，再一起报考大学，再去公开地恋爱。

但是，现实与梦想有着遥不可及的距离。现实中，在会考的最后一天，曼陀铃确实遇见了金晶晶，可他们却没有任何交流，两个人擦肩而过，形同陌路。当曼陀铃反应过来时，金晶晶已消失在了茫茫人海，曼陀铃无从寻找，即使他大声呼唤着"晶晶"，回应他的只有回荡在校园内的他自己的呼唤声。

从那天起，曼陀铃强烈地感觉到了自己和金晶晶之间的绝望，于是他决定将那部中考后写的小说《败后黑影》修改出来，不是为了出版、成名什么的，而是为了纪念，为了卸下往事，为了封存那段记忆，为了给自己的"前世"一份葬礼、给"来生"一片萌芽的新土，再开启一个新的梦想、一段新的历程。

一天晚自习前，童思宇开玩笑说："最近你都在忙什么呀？不努力用功，可是要打入‘地狱’的。”

童思宇半开玩笑地提醒曼陀铃，曼陀铃十分感激她，也十分希望自己能尽快与童思宇越走越近，所以他内心就更加急切地希望尽快修改完《败后黑影》，曼陀铃回答童思宇说：“一直在努力用功啊。”

童思宇说：“你说的可是真话？我发现你最近总是心事重重的，像变了个人似的，有时看你一副严肃的样子，让人感觉难以接近哪。”

曼陀铃并没有告诉童思宇，自己最近在修改一本小说，倒是邓立明像发现新大陆般欣喜若狂地将这事告诉了她。有一天，曼陀铃发现课桌里那本自己修改过的小说不见了，他心急如焚，他将课桌翻了个底朝天，还问江心洲是否知道谁翻过自己的课桌。

“你是丢了黄金还是白银啊？把你急成这个样子。”江心洲卖着关子说。

当曼陀铃再次一本书一本书地寻找时，童思宇在后面忍不住地笑出声来。

曼陀铃转过头去，看着童思宇。

童思宇将那本《败后黑影》的手稿举到曼陀铃眼前，逗乐似的说：“这下露馅了吧，东西在我这呢。”

曼陀铃顿时慌张起来，他感到手足无措，自己珍藏心底的隐私似乎光溜溜地躺在了阳光底下，他只好尴尬地笑着面对童思宇。

“喂，曼陀铃，什么时候带你的女友来看看？”童思宇问。

曼陀铃：“我的女友？”

童思宇：“是啊。你写的不是你女友？”

曼陀铃：“不是。”

童思宇:“骗谁啊你?要不你怎能写得出啊?我们写几百字的作文都要挤牙膏。”

曼陀铃:“……”

童思宇:“都是真的吧。加油，支持你。”

曼陀铃苦笑，沉默，往窗外望去，眼睛死死盯在天空的某处。

“还不敢承认，怕谁知道似的，伪君子。”高霖雨插起嘴来。

“他心里只有金晶晶，要不怎能写出一部长篇呢。”邓立明说。

“一定爱悠悠，恨悠悠，不知几时休。”李进说。

听着听着，曼陀铃的目光将天空盯出了个洞，他看见了天空之外的东西，那些似乎在梦中活动过的东西。

“自古多情伤离别，更那……”这又是江心洲的声音。

童思宇打断江心洲的话，说:“好了好了，都成了过去，我们还是说点别的吧。”

曼陀铃看着周围，只有自己和童思宇还抬着头。曼陀铃控制不住心中涌起的潮水——青春的潮水，冲决理智堤坝的潮水，他的目光集聚着体内所有的能量。童思宇的脸红了，像初春傍晚时分太阳映着的江水，眼帘缓缓落下，弯弯的睫毛像雨后新月。童思宇的头低了又低，额前几缕发丝滑了下来，悬着。

曼陀铃的心完全被融化了。半晌，童思宇又抬起头，与他对视，微笑。童思宇的笑，比浪花还炫目，比彩虹还纷呈。曼陀铃感觉身体快要飘起来了，仿佛眼前有架步入天堂的木梯。

李进“啪啪啪”的掌声，让曼陀铃和童思宇如梦初醒。童思宇慌慌张张地低下头，羞得像裸露的少女被人窥视。

大地沉浸在朦胧月色之中。每个人都安然地睡着，包括小孩和老人。曼陀铃走在梦中，一个非常逼真的梦境：

月光里，曼陀铃划动船桨，脸上波光闪烁，怀中偎着童思宇。童思宇正在数天上的星星，眼睛在笑，很是幸福。童思宇望着银河的两畔，对曼陀铃说："织女长得和我一模一样，说不定我就是下凡的织女，那么你说你是谁？"

曼陀铃停住桨，紧抱着童思宇，看着童思宇的眼睛，说："不是牛郎还会是八戒不成？"

"是啊，365天的苦熬苦等，就是为了一夜的相聚，你老实告诉我，你熬得住吗？"童思宇的头贴在曼陀铃胸口。

曼陀铃一时答不上来，但能感受到童思宇匀缓的呼吸，能看得清童思宇静静淌下的泪珠。他们相依相偎，度过了一个美丽的夜晚。

曼陀铃醒了，世界变样了。

建筑工地上的机器早早就在隆隆地叫着，太阳下面是一群头戴安全帽的工人，他们有的担着沙浆，有的灌着沙浆。曼陀铃被闹醒了，胸口胀胀的，好像压了块石头。曼陀铃真的对童思宇动心了。中秋过后，曼陀铃变了，变得更加多愁善感，喜欢发呆，对读书的兴趣愈来愈淡。童思宇似乎被曼陀铃同化了，也喜欢经常发呆，或许她在期盼着什么，或许在想自己的大学，理想中的大学。

"喂，曼陀铃，帮我做题。"童思宇在喊。

曼陀铃将手中的《泰戈尔诗选》塞进课桌，回过头去，看着她，两人目光稍一碰撞，便不约而同地避开去。

“你刚才在看什么？我看见你塞了本书进去。”童思宇盯着曼陀铃的课桌说。

曼陀铃：“你不爱看的，是诗歌。”

童思宇：“难道你就不读书？！”

曼陀铃：“不要管那么多，好不好？”

童思宇：“……”

曼陀铃：“你喊我，有事吗？”

童思宇：“没有！谁想管你！你以为别人管你好受，是吧？！你以为不读书，喜欢诗歌就是与众不同，是吧？”

童思宇生气了。

曼陀铃想起了童思宇喊自己的事情，难为情地说：“对不起，你的题目呢？”

童思宇瞅着曼陀铃的脸，说：“谁稀罕你帮啊！你以为你算老几！”

曼陀铃耷拉着脑袋，再也无心看诗。他自己也搞不懂，为什么会如此在乎童思宇。曼陀铃真的希望童思宇活得开开心心，他们相依相爱，一块讨论题目，畅谈文坛星宿。

按照学校的规定，如果学生在课间包括早晚自习上看课外书，书就会被教师没收。为此，曼陀铃看诗歌时总要遮遮掩掩，看诗看多了，就发现这是一种自欺、虚伪的做法，他想像诗人一样坦然面对生活，尊重生活。于是，他就拿着诗集放声朗诵。

一天早自习，曼陀铃被教语文的老姜叫到走廊。老姜拣了几篇最近学的古文让曼陀铃来背。见曼陀铃像丈二和尚摸不着头脑，老姜便严肃起来，说："你天天早自习在看些什么！都是些与高考搭不着边的东西。"

曼陀铃感觉很受屈，很是无奈，斗胆低声说："我们又不去考古，学那些之乎者好像也没什么用处。"

老姜生气了，他仿佛突然来了精神，严肃地用教训的语气说："中国上下五千年，古文古诗词，是我们中华文化的精髓所在，连几句古诗词都背不上来，你还是中国人吗？你看，哪个当官的，公开发言时不旁征博引，将这些文化精髓用得炉火纯青？"

说着说着，老姜的语气渐渐平和，他话锋一转："听说你还写了小说，现在去拿给我看看，看看你写得到底怎样。"

曼陀铃很不情愿地走到教室，拿出那本手写的《败后黑影》，送到老姜手中。曼陀铃准备离开时，却被老姜叫了住。老姜打量了曼陀铃一番，好像不认识曼陀铃似的。老姜很是认真地翻着曼陀铃的手稿，说："你能写这么厚，说明你的想象力还行。但是，我看你的文采一般，词汇量相当有限，文字功底还相当稚嫩……"

曼陀铃打断老姜的话，虚心请教："那我应该怎么做呢？"

老姜说："古文，你现在可能感觉不到什么，等你走上社会了，你就知道了，确实博大精深，你一辈子能领略十句二十句你就很有智慧了，比如什么叫'过犹不及'、什么叫'水滴石穿'、什么叫'否极泰来'、什么叫'海枯石烂'、什么叫'唇亡齿寒'等等。"

老姜点着一支香烟，双手支着栏杆，朝远处望去，好像在回想着什么。他悠悠吸了口烟，然后咽了一下，又悠悠吐出，白白的烟圈随风飘浮翻卷。

忽然间，曼陀铃感觉到自己跟老姜很聊得来，很志同道合，可能老姜曾经也爱好写作。但同时曼陀铃也感觉到自己和老姜之间有很大的隔阂。在曼陀铃看来，老姜不够坦诚，仿佛很多话还装在心里没有告诉曼陀铃。

曼陀铃很敬畏地问老姜：“以后，有关语文、文学、写作的问题可以单独向您请教吗？”

老姜沉思了片刻，点头说：“可以！前提是，你不能影响学习，咱们的讨论得有利于你的高考，因为只有考上了大学，你才有条件去实现你的梦想，否则一切都是空谈。”

第8章

第一次袒露心意

青春，有时意味着迷惘，很多时候年轻人会生活在云里雾里，自娱自乐着。

青春，有时意味着梦想，当梦想找到了方向时，他们就会朝着梦想的方向狂奔而去。

一连好几天，曼陀铃对语文老师老姜跟自己说的那几句话总是念念不忘，他感觉到了老姜的真诚，产生了对他的信任。他开始重温并梳理起语文笔记，又将童思宇的语文笔记拿来参照，将一些没有记录下来的或当时认为没必要记录下来的东西补上。当曼陀铃照着童思宇的笔记细心地回味老姜的语文课时，他脑中总是浮现一个人，一个热爱文学、热爱写作的语文老师，一个曾经满腔豪情高谈阔论的语文老师，一个面对现实面对生活经常感觉百般无奈的语文老师，这个老师就是老姜。

为了不辜负老姜对自己的信任，曼陀铃将老姜要求课间背诵的诗词古文都印入了脑中。为了尽快丰富自己的词汇量，他将一些优秀文学作品中优秀的段落、语句、词汇摘抄成册，并开始背诵成语词典。就这样，曼陀铃的语文成绩出现了明显的提升，也得到了老姜的肯定。

童思宇不时地夸奖曼陀铃，动不动就冒出一句："你真的开始长大了。"

曼陀铃说："长大好啊，长大了就可以去实现自己的梦想。"

童思宇问曼陀铃："那你的梦想是什么呀？"

"当作家！"曼陀铃脱口而出，曼陀铃问童思宇的梦想是什么。

童思宇说："我想当人类灵魂的工程师。"

曼陀铃问童思宇为什么想当老师。

童思宇告诉曼陀铃，自己曾经也暗恋过他们的化学老师，化学老师戴着副眼镜，给人感觉很稳重，他很有才华，冰冷的面孔偶尔泛起的笑容非常慈祥可敬……所以，童思宇想，化学必须要学好，否则就辜负了自己的青春……

曼陀铃听着听着，感觉童思宇的每一句话就像醋一样，不停地往自己的心中灌来。看着童思宇说得很认真的样子，看着童思宇说话时低落的情绪，曼陀铃不禁怜香惜玉起来。待童思宇说完了，不想再说了，曼陀铃一时找不到开导童思宇的言语，曼陀铃望着窗外，说："原来是这样啊……"

童思宇振作起精神，说："不过，那些都已经过去了，因为我知道那是不可能的事情。从陈怀均离校那天起，我就知道了那是不可能的事情。其实，陈怀均确实是个天才，智商高，只是可惜了。"

"是啊，陈怀均可惜了。"曼陀铃感觉自己有些语无伦次起来，问童思宇："你说能放下就能放下吗？"

童思宇说:“现在想想,觉得自己好幼稚,好可笑;什么暗恋不暗恋的,可能是精神需要找一个寄托吧。”

面对童思宇的真诚，曼陀铃完全被感化了，也能理解了，他想自己不是也曾对金晶晶喜欢得要命,现在慢慢放下了吗?但是,在曼陀铃看来,童思宇没之前那么完美了。随着后来曼陀铃和童思宇变得无话不谈、距离不断拉近后，这种不完美的形象就被曼陀铃抛到脑后了。

曼陀铃和童思宇的关系，到底什么时候发生了这种微妙的变化，很难找到一个具体的时间。之前，童思宇动不动就笑曼陀铃跟金晶晶的事情；现在，班里的同学经常笑童思宇跟曼陀铃。他们彼此都有这种心照不宣的洞察,所以他们之间的接触明显少了,尤其是在周围同学多的时候。他们似乎从面对面的语言交流变成了心与心的思想沟通，他们的关系似乎也不再明朗。

也不知道从哪一天起，曼陀铃和童思宇就不再说话了。这是曼陀铃和童思宇第二次遇到这种由热到冷的变化，也许是彼此都没有做好思想准备，不知道如何来处理这种发生微妙变化后的关系，所以两个人选择沉默和逃避。童思宇就像一粒种子，在曼陀铃心田破土而出，又像即将破土而出的雨后春笋，势不可当，只是暂时还在积聚着能量罢了。

曼陀铃数着，一天，两天，三天……六天，这六天仿佛六个世纪般亘古漫长。每一天都在测试着曼陀铃和童思宇的耐力，掂量对方在自己心中的分量到底多重，考验着这种说不清道不明又确实存在的关系的生命力。这六天，童思宇跟邓立明说了很多话，在寝室里总能听到邓立明唱着得意欢快的小曲。邓立明几乎每天都会告诉曼陀铃自己跟童思宇的进展状况，说自己已经用一颗赤诚的心感动了童思宇，说童思宇答应跟自己相处。

那段时间，曼陀铃几乎不想见到任何人，只想一个人安静地待着，看着天空中的夕阳、看着教室窗外的云彩，这样，记忆可以随着夕阳、随着云朵渐行渐远，最后掩映在苍穹之中。中午，曼陀铃总是喜欢去学校门口买上盒饭回教室里吃，他每天都期待着童思宇的不期而至。

第七天，童思宇端着饭碗，走进教室，边吃边说："哟，你藏在这里。我寝室实在热得受不了。"

"来这儿坐。"曼陀铃指了指同桌的位子说。

"我才不好意思呢。"童思宇径直走到曼陀铃身后的座位上，坐下。

可能是童思宇出现的原因，曼陀铃这几天压了许多话在心头，想说给童思宇听，但是这些话就像曼陀铃此刻的心情一样，乱乱的，缠在一起，不知从哪一句说起。曼陀铃边扒着碗里的饭，边想着要跟童思宇说些什么。

童思宇："哎，干吗不说话啊？这天热得人都快死了，心里总是闷闷的，压抑死了。"

曼陀铃："太多了，还在想。"

童思宇："这有什么好想的，想说什么就说呗，又没谁堵你嘴巴。"

曼陀铃："那你想嫁什么样的人啊，以后？"

童思宇嘴里含着饭，眼睛瞪得老大，作沉思状说道："我啊，我想，我应该会嫁给喜欢写诗、画画的人。"

曼陀铃："为什么？"

童思宇："这种人比较重感情，而且——生活也很有情调，还有——我也不清楚，反正这种事情靠感觉吧。"

曼陀铃听到童思宇这么一说，内心欣喜若狂，这种快乐一时找不到词语来表达，只能“哦”的一声表示听到。

童思宇说：“‘哦’你的头。冷血鬼，以后不跟你聊了。那你想要什么样的呢？别告诉我是我这样的就成。”

“就是你这样的。”曼陀铃憋了好久才说出口来。

她应该是注意到了他火热的目光，脸才红了起来。

曼陀铃看着童思宇，童思宇眼睛扑闪扑闪的，像清晨绿叶托着的甘露；薄薄的红唇，鲜艳、润泽。曼陀铃看入迷了，仿佛在欣赏莫奈的《睡莲》。曼陀铃的目光不由自主地往下移去：童思宇翠绿色条纹短袖衫在微微颤动，胸脯颤得越来越厉害。

童思宇的目光只稍稍触了下曼陀铃，就失去了与曼陀铃对视的勇气。童思宇紧张得全身绷得僵硬，垂下目光，似乎甘做一件曼陀铃眼中的艺术品，任由他欣赏揣摩。曼陀铃听到童思宇发出涓流般的喘息。曼陀铃感到自己的血快要从毛孔迸出，身体快要被烧着。他快受不了了。童思宇猛地抬头，脸上仿佛荡漾着春天夕阳中的潮水，羞涩地说：“不要这样。”

曼陀铃：“思宇，你……”

童思宇呆呆地看着曼陀铃，头微微地颤着，嘴唇一动不动。此刻，一张隔在曼陀铃和童思宇心间的窗户纸被撕开了，他们彼此看清楚了，从外表到心灵。这一刻，或许是曼陀铃和童思宇都期待了很久的一刻。如今，这一刻终于来了。童思宇的头颤得越来越厉害，脸上满是惊恐和害怕。

曼陀铃：“思宇，你怎么了？”

童思宇摇着头，呆呆地说：“不可能，我们不可能，我不能欺骗你。”

这句话仿佛给了曼陀铃当头一棒，他有种强烈的被骗了的感觉。曼陀铃试图抓住童思宇的双手，想问清楚这到底是为什么，为什么如此快地出尔反尔，置自己一片真情于荒漠之地。

童思宇手不停地摇摆着，嘴里不停地重复着“对不起，真的对不起”，然后拿起饭碗，慌慌张张地起身，连走带跑地出了教室。

曼陀铃似乎一下子掉入了噩梦般的深渊，他浑身的激情与冲动刹那间消退了，浑身的肋骨仿佛统统被抽去了。他感到累，脊椎已无力支撑身体和头颅，只能趴倒在桌上。他晕晕的，感觉教室在旋转。眼前的一切都是假象，如梦，似幻。

童思宇从教室窗外看着曼陀铃伤心的样子，久久才离去，脸上也拖了两条长长的泪痕。曼陀铃听着童思宇脚步声渐渐模糊，心想她大概已走远。他猛地爬起，将桌上的盒饭盖紧，然后将两支筷子猛地往盒上插去，扔进教室里的垃圾筒后，风一般地跑下楼去，他感到脸上热辣辣的，像水蒸气烫过一般。曼陀铃一口气跑到四合院拐角的水龙头前，弓下身子，将脸放在水龙头口下。水哗哗地往曼陀铃脸上冲来，他大口大口地喘着气，发出粗重的呼气声。

清醒了，曼陀铃被水给冲清醒了，他关上水龙头，直起身子，静静站了一会儿，准备去寝室躺会。他抬起头，天上的云彩，一簇一簇，如羊毛。接着，曼陀铃朝着四合院的前门走去，这时，突然有人叫了一声，曼陀铃转过身去。童思斯正站在离他不远的地方，怒视着曼陀铃，好长一段时间，才开口：“我姐中午怎么了？到底怎么啦！她为什么会哭得那样伤心？”童思斯咬着牙齿，发疯似的说：“你说啊？！”

曼陀铃看着童思斯，根本不知道童思斯想要表达的是什么。曼陀铃想了会儿，大概她是误会自己欺负了童思宇。

曼陀铃说:“你说的我懂，我连你姐碰都没碰过，我跟她没有任何关系！”

“你知道什么？”童思斯表情复杂地说。

曼陀铃呆呆地朝四合院的大门走去，走出了童思斯的视野。让曼陀铃最吃惊的是，一向沉默寡言的童思斯竟会如此发火。曼陀铃慢悠悠地来到寝室，推开门，爬上床，他很快就睡着了，睡得很沉很沉，似乎睡了一年又半载。要不是被江心洲喊醒了，曼陀铃还不知要睡到何时，不过如果能像那样一直睡着，生活在梦中，曼陀铃一定十分乐意。

曼陀铃和江心洲跑上教室二楼，只见老曹站在走廊上，吸着烟，似乎在思考着些什么。曼陀铃和江心洲朝老曹礼貌地打了声招呼,放慢脚步，走进教室。一进教室，曼陀铃的目光不由自主地打在了童思宇那里。童思宇正在朝曼陀铃微笑着，灿烂的笑，会意的笑。

老曹在走廊上咳嗽了两声，吐过痰，喝过两口茶，走上讲台。他还没有翻开课本就开始讲:“打起精神来，学习是很累，这点必须承认，累又能怎样呢？”老曹目光在教室内一扫，咳嗽两声后，又说，“你们现在这个时候，思想上，是最不能动摇的关键时候，如果这时候就动摇了，我敢打包票，明年你就不想念了。我也不跟你们谈什么理想志向，就谈你们自己的生存，如果想以后生活得好一些，就必须努力学习，青春为什么称为妙龄啊？就是因为它影响到一个人的一生，因为不少观念都是从这时开始形成……”

经过老曹的一番说教，曼陀铃觉得的确应该好好学习。如果连个大学都上不了，还谈什么幸福。童思宇那样懂事、用功，考上一个普通本科学校应该没问题。如果童思宇都上了本科，自己还不如童思宇，那怎么有资格去追求童思宇，再说，那么看重学习的童思宇恐怕到时候也不会接受自己。想到这里，曼陀铃感受到了明显的学习压力，明显的危机感。

夕阳归山后，夜色洒向大地，月亮尚未露出银色的脸蛋。曼陀铃像跟赌气似的，拼命地做着数学题，这一段时间很少做题，感觉也生疏了，大脑也没有原来的灵活。就是别人不催，他心里也是着急的。

童思宇拿着本数学资料，走到曼陀铃桌旁，不慌不忙地说："教我做题，好吗？"

曼陀铃抬起头，见站在离自己半尺之外的就是童思宇，曼陀铃显得有些紧张，但头还是不停地朝童思宇点着，表示同意。

"让我坐你里边去，行吗？"童思宇很镇定地说。

童思宇变了，变得成熟了许多，只用一个下午的工夫，曼陀铃能明显地感觉到。曼陀铃站起来，让童思宇进去坐在江心洲的座位上。

又是一个晚自习前的自由活动时间，曼陀铃跟童思宇又一次相遇在教室，曼陀铃仍是吃蛋炒饭的曼陀铃，童思宇也是端着饭碗的童思宇，不过还多了个童思宇的妹妹童思斯。三个人先是东拉西扯，不知何时童思斯停了下来了，只剩曼陀铃和童思宇说个不停。童思斯成了孤家寡人，听着听着，像小孩撒娇似的离去了。

"噫，你妹怎么走了？好像还有点不大高兴。"曼陀铃提醒。

"你又不陪人家讲话，待在这儿卖傻啊？"童思宇说。

曼陀铃："那么谁来陪你呢？"

"曼陀铃，那方面的话题，以后我俩还是少谈些，免得弄得都不开心，能答应我吗？"童思宇认真地说。

曼陀铃犹豫了会，点了点头。

童思宇：“你相信我，我…… ”

曼陀铃真的弄不清思宇到底想说些什么，曼陀铃也不愿去多想，想多了会烦，会累。

“走，去走廊上，站着吃吧，那样，还可以赏赏校园秋色。”童思宇提议。

曼陀铃和童思宇并排伏在栏杆上，彼此会心一笑，似乎在说：开始各赏其景吧。东边天色灰灰，西边已经非常明亮了。曼陀铃忽然想起了“我欲乘风归去，又恐琼楼玉宇”的诗句。童思宇边吃饭边俯视着楼下来往的人群。夕阳下的树木，被染成了鲜明的两半。

走廊上的人逐渐多了起来，童思宇幽幽地说：“曼陀铃，我回寝室啦，这样人家看见会影响不好，至今我还从来没做过影响形象的事呢。”

曼陀铃无奈地看了童思宇一眼，说：“好吧。”

然后，两人背向走开。

第9章

邓立明的疯狂

高二就只剩最后两周了，等待同学们的将是越来越残酷的高三。高三，对学生来说，就是不断的月考和各类测试，每星期只有周日一天的放假，据过来人说，这种经历会让人脱胎换骨。

六月底的夏天，可乐、冰激凌、刨冰、雪糕，要好的同学轮流请着客，然后躲在某棵树荫下，或者聚在课桌边，漫无天际地聊着各自的过去、正在经历的现在和充满梦想的未来。

一时间关于县高三生重新分班的消息越传越热，所以大家都格外关心上次全县统考的成绩，这个成绩决定着自己的高三在哪儿读，甚至可能决定着自己的未来。所以，家在县城的学生几乎每天都会带来新的“谍报”，口传着从各自父母那里得来的“确切消息”：分班名单都排好了，很多家长都在走动关系。

这些传言让一中家在农村的学生听了很是消极，很多同学都问过自己比较信任的老师。当曼陀铃向语文老师老姜询问起这事情时，老姜也没能给个具体的说法，只是说这事情还在商讨之中，没有最终决定，并用古怪的眼神看着曼陀铃说：“你们都快期末考试了，不关心考试，倒是关心起分班来，你们关心的有用吗？”

分班、离别，似乎会发生在明天，发生在下一个小时，所以大家也都格外珍惜，能婉言应付的尽量婉言应付，能开心说笑的尽管开心说笑。一时间，班里很大一部分同学都有了相应的男生或女生与之相对号入座，但是有着很多版本。比如说，童思宇接受了邓立明，李进盯上了童思斯，王青文看上了高霖雨，曼陀铃还在等待着金晶晶等等。大家听多了，也就懒得去解释了，因为这些事情说也说不清楚。

邓立明确实是越来越自信，经常在曼陀铃或江心洲面前说自己和童思宇进展飞速，说买雪糕给童思宇成了自己最近的使命；还说，自己现在就等着请童思宇去个上档次的餐厅，好好地聊一聊，将关系确定下来，不管以后是否在一个班，关系确定下来就溜不走了，就可以以正当的名义阻止对童思宇有非分之想的同学接近她……

曼陀铃或江心洲经常傻傻地听着邓立明似梦非梦般的描述。在班上只有曼陀铃和江心洲两个人时，江心洲对曼陀铃说：“看得出，你对童思宇动心了。”

曼陀铃总是无言以对。一天傍晚，曼陀铃独自坐在大槐树下的体育场阶梯上，无聊地看着人们打篮球。忽然，耳边响起一个熟悉的声音——“曼陀铃”，好像是童思宇的声音。最近一段时间，曼陀铃耳畔经常响起这种熟悉的声音，他怀疑这仍然是一种幻觉，于是也懒得回过头去。

“你怎么回事，你到底还理不理人家啊？”童思宇站在曼陀铃身旁，打量着曼陀铃说。

曼陀铃也打量起童思宇，童思宇在曼陀铃眼中，仿佛熟悉又陌生，陌生又亲切。

童思宇也坐了下来，两个人先是一起沉默了一会，然后曼陀铃说："你也有空看球？"

童思宇说："学习嘛，要劳逸结合，我看你天天逍遥自在，从没见你好好用功过，你看，你的数学、物理不还是那么好吗？"

曼陀铃很正儿八经地说："其实你错了，你看到的只是表面，我晚上睡在床上都在做数学和物理题，你信不信？"

童思宇："鬼才相信。"

曼陀铃耐心地把自己学习数学和物理的心得跟童思宇分享。曼陀铃说自己有一个习惯，每天晚上只选一个类型的一道题来做，然后睡觉前，躺在床上，闭上眼睛，就开始回忆，想着这道题的解答过程，如果想不起来，说明第二天还得练习，如果想得起来，说明基本就没问题了，再用发散性的思维，举一反三，就没什么难的了。

童思宇似乎并没认真在听曼陀铃的经验分享，更没对曼陀铃的学习经验加以点评，只是草草地点头表达肯定之意，她关心重新分班的事情。童思宇说，如果真的分班，真的被甩到了镇上高中，那可是太丢人了，还没高考就开始丢脸，然后批评说这也不知道是哪位领导的馊主意，压根就没站在同学们的角度去考虑问题。然后，童思宇问曼陀铃是否希望分班。

曼陀铃说："应该还是不分的好。"

童思宇："为什么不分的好呢？"

曼陀铃："你看，还没分，家在县城的人估计已经在活动关系了，这样很不公平。还有，像你说的，根本没考虑到同学们的心理感受。”

童思宇：“重新分班这事，我是真不希望，估计你是假不希望吧！”

曼陀铃：“为什么这么说？”

童思宇：“你装傻吧，我告诉你，重新分班你那青梅竹马很可能……”

曼陀铃打断童思宇的话，说：“不可能，我和她没一点可能，如果真在一个班那将是一个悲剧，不管对我还是她。”

童思宇将垫在屁股下面的一本杂志举到曼陀铃面前，让曼陀铃读一篇文章，说这文章可能写得很残忍，也可能写得很温馨，说自己没勇气往下看去，所以叫曼陀铃直接告诉自己结果就行。

这篇文章的大致内容是：一位军人杰，在家时已与一个叫珍的女子订了婚。后来，杰在部队认识了一位叫琴的女孩，很快与琴开始热恋。三人都到了结婚的年龄，杰专程请假回家，了结与珍的关系，因为他更爱琴……但是结果是与琴分手了。

“喂，你看完了没有？都快要上课了。”童思宇催促着。

曼陀铃如实将文章结果告诉童思宇，说：“结果是，与琴分手了。”

童思宇听了，一愣，有些激动地说：“为什么？难道他不够爱琴吗？太让人失望了！”

曼陀铃继续说：“分手时杰说：‘有的人是为自己而活着，有的人是为别人而活着，所以他选择了后者。’”

童思宇愤愤不平地说：“真恶心，都是花心大萝卜，都是说一套做一套，没一个可靠的。”

曼陀铃故意试探地说：“你在说邓立明吗？”

童思宇瞪着大眼睛，直直地看着曼陀铃，她的瞳孔在不断地扩大，头不停地摇着，说："你才是！他比你好多了！"

童思宇说完准备起身离去时，曼陀铃本能地一把抓住童思宇的手腕。

童思宇使劲甩开曼陀铃的手，说："别动不动就动手动脚，这里是校园，不是你们农村。"

童思宇话音未落就转身而去，脚步越来越快，好像在逃避什么。

童思宇走后，曼陀铃的目光定格在天空中的某个位置，思绪随着云朵一起飘来晃去。那朵云不断变换着，变成了童思宇的模样，是那么遥不可及，又那么纠缠于心。

曼陀铃回想起童思宇，想起那瓶墨水、那次下棋。曼陀铃默默自语：喜欢她能怎样，不喜欢又能怎样呢？他心中有很多困惑，他问自己：为什么每次我感觉她正在朝我走来时，我们的关系会越走越远？为什么我感觉彼此心灵一起跳动时，我想张口表白时她总是退却？

这次之后，曼陀铃和童思宇似乎彻底地断交了，这是他们交往中第三次断交。为了解决心里的困惑，曼陀铃一有空便去新华书店，翻看各类书籍。很多故事给曼陀铃的答案都是：他们太年轻，不懂得什么该珍惜、什么该放弃；青春，往往来不及珍惜就得无奈地放弃；这个世界是一个婆娑的世界，婆娑即遗憾，没有遗憾，给予再多的快乐也感觉不到快乐。

晚自习后，曼陀铃早早地回到寝室，邓立明正一个人心事重重地地看着书。忽然，他神经质似的放下书，右脚趿拉一只鞋就迫不及待地蹦跳到曼陀铃床上，问曼陀铃："你说童思宇，一天到晚到底在想什么呢？"

曼陀铃说："人家要好好读书，考大学。"

邓立明一本正经地说："你对她是不是动手动脚过？"

曼陀铃瞅了邓立明一眼，说："你有病吧！我从没有过！"

经曼陀铃这么一骂，邓立明反而乐得蹦了起来，他蹦跳着跑到自己床上，说：“没有就好。”然后邓立明又开始神侃，像一位传教士宣布着自己的战果：“经过我对 N 部片的总结、对 ×× 片的分析，得出结果为——女人往往寂寞难耐，需要有人去逗乐，当女人半推半就时决不能松手，她越反抗说明越是需要，只要将她征服，不管手段如何，你就是最牛的……”

说罢，邓立明亢奋地将自己打扮一番，临走时甩了句：“曼陀铃，等我的好消息。”

曼陀铃看着邓立明反常的举动，愣了半晌，一种不祥的预感从他心里闪过，曼陀铃吓了一跳，连忙爬起身，穿上鞋跑出了寝室，他脑海中似乎能听见邓立明的脚步声和口中欢快的小曲，曼陀铃就这样飞速跑去。

在教室通往女生寝室门的小路上，有一处较为隐蔽的形似蘑菇的景观树，一个人蜷缩着蹲在里面，东张西望着，如一只等待猎物出现的怪兽。不远处的教室仍然灯火通明，校园里路灯洒落暗淡的光芒，将来来往往的女生的身影拉得修长修长。

教室里的灯熄灭了，三个一群五个一伙的女生有说有笑，朝着校园里的各个方向分散而去，直至隐没在校园内的某处。曼陀铃看见童思宇一个人走着，幽幽的背影让曼陀铃怜惜之情油然而生。

还没等曼陀铃来得及反应，一个黑影从树荫底下蹿了出来，左手抱住童思宇的腰肢，右手捂住童思宇的嘴巴，并使劲将童思宇往树荫方向拖去。

曼陀铃见状本能地冲了上去，一拳打在邓立明的后背。

邓立明慌张着松开右手朝他回击。

童思宇拼命地喊着“救命啊！救命啊！”，并使劲地挣脱。

曼陀铃听见无数个重重叠叠的脚步声正汇集过来。

只听见邓立明“啊”的一声，他推开童思宇，抡起树荫底下的木棍，指向了曼陀铃，并号叫着冲了过去：“曼陀铃！你敢跟踪老子！老子今天就要了你的命！”

话音未落，邓立明手中的木棍朝曼陀铃砍来，曼陀铃本能地朝树荫方向躲去。

不远处，童思宇不停地喊叫着：“救命啊！救命啊！”

邓立明胡乱地抡着手中的木棍，找不到目标，木棍扑通扑通地起落着。曼陀铃看见一个地面扫腿，将邓立明踢倒在地，将邓立明被制服，曼陀铃双腿一摊，无力地躺在树荫底下，眼前晃动着童思宇的身影。

曼陀铃听见童思宇朝他跑来，并反复地喊着：“曼陀铃，你没事吧？”

两个“白大褂”朝曼陀铃走来，他们抓住曼陀铃的两只肩膀向外拖去。曼陀铃被抬进了医务室，校医将他浑身揉捏个遍，并不停地问曼陀铃痛不。

曼陀铃如实回答说：“不痛，就是有点酸。”

曼陀铃听见医务室门外噔噔噔的脚步声，不一会儿江心洲、李进、王青文敲门进来了，问曼陀铃严重不。

曼陀铃说：“应该没什么大事。”

“白大褂”叫曼陀铃下床活动活动。曼陀铃下床活动起来，扭扭脖子，踢踢腿，摆摆手臂，确实没什么异样。曼陀铃向“白大褂”说了声“谢谢”，便同室友们一起回到了寝室。

寝室里，大家不停地谈论着今晚发生的事情，寝室里像沸腾的水一样，热度不退。曼陀铃刚躺下，其他几个寝室的同学们就蜂拥而至，弄得寝室水泄不通。大家七嘴八舌地说着：“是不是腿被砍骨折了”“为一个女孩差点命都不要”“邓立明这下死定了”“那家伙看黄片看多了”……

曼陀铃提高嗓门说：“谢谢同学们的好意，我安然无恙，明天教室见。”

然后，大家嘟囔着离开了他的寝室。

当曼陀铃冲凉时，发现自己的肩膀和大腿、小腿都被磨破皮了，淋上水阵阵刺痛。躺在床上，自己跟自己说：“如果不是童思宇，是不认识的女生，我会去救吗？”

第一个回答是：“英雄救美，要看美不美。”

第二个回答是：“应该不救。”

第三个回答是：“为了名声肯定会救，但是应该没那么卖命。”

曼陀铃心里一阵欣喜，找到了答案，就第三个。

接着，曼陀铃又问自己：“会原谅邓立明吗？他是个坏学生吗？”

曼陀铃这次回答很简单：“会原谅邓立明，他不一定是个坏学生。”

第二天，老曹将他的数学课调换成了班会课。老曹开门见山、声音洪亮地说：“最近，我发现我们班，我们班的同学，有很多不好的现象，而且这种现象正在快速地蔓延，像传染病一样向好同学传染，再交叉传染。我的立场始终如一，学校不是家里的菜园子，想进就进、想出就出。学校有学校的规矩：第一，不许使用暴力；第二，不许看黄色影像书籍；第三，不许谈恋爱。这三点，只要有一点触犯，并有确凿证据，立马开除学籍，毫不手软，毫不留情。”

教室里鸦雀无声，只听得见同学们低声喘气的声音，间或掺杂着喷嚏声和移动凳子的声音。

老曹继续说着，语气强硬有力，不留任何回旋余地：“昨晚，我们班的同学，竟然做出拦路打劫的举动，胆敢有预谋地用棍棒施暴，简直是吃了豹子胆，简直是无法无天。邓立明，已经正式从我班除名，被公安部门拘留了……”

老曹似乎说累了，口干了，举起随身带的水杯喝了几口，去到走廊上抽了根烟。教室里依然鸦雀无声，依然只有偶尔的喷嚏声和移动凳子的声音。接着，老曹将县教委关于高三是否重新分班的最终决定做了公告，告知高三不做重新分班，维持现状不变。

中午曼陀铃正在教室吃盒饭时，李进跑进来告诉曼陀铃：“邓立明母亲过来了，想见你一下，正在校园大门外等你。”

曼陀铃和李进来到大门口，只见一名中年妇女站在大门口的大树下，东张西望。李进指着这名中年妇女说：“那就是邓立明母亲，你过去跟她见下吧。”

曼陀铃走近邓立明母亲，看见邓母眼睛红肿着、脸上的泪痕尚未干透。还没等曼陀铃开口，邓母就一把拉住曼陀铃的手，将手中的信封塞给曼陀铃，哽咽着说：“我家就立明一个孩子，从小太娇惯，我们当父母的无能失职，才让你受了这样的委屈……”说着说着，邓母控制不住哭出了声来：“立明的命就交在你手上了，我求你放过他一马，是我们没教育好，应该由我们来受这个惩罚……呜呜呜……呜呜……”

邓立明母亲哭着哭着，正准备向曼陀铃下跪时，曼陀铃一把扶住了邓母，并将钱塞了回去，曼陀铃心里也不好受，他说：“阿姨，不怪你，邓立明也没有错，只是，青春的我们，像一匹没有缰绳的马，难免会有性情暴躁的时候……说真的，我也很难过，毕竟邓立明是我的同学、我的室友，我们一起共处了近两年，他给我们带来了不少快乐的时光……”

第10章

暑假里的等待

一天，老曹将曼陀铃叫到办公室，将一份报纸给曼陀铃看，报纸上的大标题赫然醒目——《高三再分班的强大压力压垮了青春》，他告诉曼陀铃这是一则关于邓立明的报道。报道中，记者详细描述了从进入派出所到见到邓立明的过程，强调如果不是因为记者出示了记者证，派出所是不可能让邓立明与外界接触的，邓立明不知道要在那间布满摄像头的不锈钢、只有一张板凳的小黑屋里待多久。

报道是以采访的形式刊发的，当记者问到邓立明在派出所生活是否方便时，邓立明的回答是连上厕所都有人在门外把守；当记者问到他是否遇到强迫逼供时，邓立明的回答是这个就不必多说；当记者追问为什么会有如此举动时，邓立明的回答是，如果高三真的要进行全县范围的重新分班，他知道自己的成绩，也就只能去镇上读完高三，但这是一件多么耻辱的事情，不只是他自己丢人，还会连累父母。于是，他就想到必须要干出一件轰动的事件，才能引起社会的关注，才能阻止这次全县范围的高三分班计划。所以，他就以强暴童思宇作为幌子，开始了自己惊天动地的行动。

老曹叫曼陀铃再次回顾下当天晚上的情形，让他把凡是他想到的都记录下来。于是，曼陀铃就将邓立明那晚从离开寝室到潜伏在树底下，再到企图强行控制童思宇，整个过程详细地记录了下来。

这篇关于邓立明的报道被舆论媒体迅速“围观”，“邓立明”这个名字迅速在各大新闻媒体的版面铺开。高三到底该不该分重点班和非重点班，教育到底是走素质教育还是应试教育等关于教育的话题，很快在民间发酵。于是各路专家纷纷表达了自己的观点，有的人甚至将“邓立明”吹捧成了中国式教育的牺牲者或革命者，“邓立明”这个名字被套上了光环。

县教委迫于舆论的压力，紧急取消了全县高三重新分班方案的上报工作。尽管舆论压力巨大，但是县教委对邓立明的处罚并没有因为邓立明走出了派出所、重获自由而废除，县教委在综合考虑后，将邓立明安排在了镇级中学就读高三。

据李进说，首先报道邓立明事情的记者，是邓立明的堂兄，在省报当记者，如果不是他，邓立明可能难免遭遇牢狱之灾。邓立明的离校，让同学们意识到了学校规则的铁面无私、青春的残酷无情，也让同学们意识到了谈恋爱的危险性。邓立明对童思宇如此无礼，不仅损害了童思宇的自尊，更给童思宇的心灵蒙上了无法抹去的阴影。曼陀铃曾对此自责不已，认为自己主动跟童思宇多一些接触，邓立明就不会产生非分之想，也就不会酿成邓立明离校、童思宇心灵受伤、自己身体受伤的严重后果。

高二期末考试来临，曼陀铃没有时间去主动跟童思宇继续接触，也无法去接触。自从邓立明事件之后，童思宇开始沉默寡言，与曼陀铃也形同陌路，直到高二期末考试结束。期末考试结束的那天，同学们陆陆续续拿着课本离开了教室，喧闹的教室渐渐安静下来，只剩下曼陀铃和几名家在偏远乡下、准备第二天再回的同学。童思宇匆匆忙忙走进教室，径直来到曼陀铃桌旁，放了一本书在曼陀铃桌上，这是一本《普希金诗选》。

“你家电话多少？”童思宇低声说。童思宇拿到电话号码后，说了声“谢谢”，就匆匆离开了教室。曼陀铃迫不及待地拿起这本诗选，翻阅起来，里面夹着一张纸条，上面写着短短的一行字：“谢谢你，祝你暑假快乐，我会打电话给你。”

因为有了这行字，整个暑假曼陀铃都在期盼着、等待着童思宇的电话，可他并没有等到。趁父母亲外出劳作不在家时，曼陀铃查找来电显示，发现一个不是自己镇区的号码，打进时间是7月20日下午1点20分，曼陀铃将这号码记了下来。曼陀铃拿起话筒准备拨打时，心里总是犹豫不决，心想，打电话过去说些什么，如果不是童思宇接的会不会让她为难，自己父母知道这事情会不会生气。当曼陀铃好不容易鼓起勇气拨通电话，却听到一个中年妇女的声音——“你找谁啊？”曼陀铃猜是童思宇母亲的声音。

“童思宇在家吗？”曼陀铃紧张起来。

“你打错电话啦！”那头话音刚落，“砰”的一声，电话被挂断了。后来，曼陀铃还尝试拨过两次这个电话号码，一次是只能听到对方喘息的声音，一次仍然是那位中年妇女的声音，态度很不友好。

就这样，曼陀铃与童思宇彻底失去了联系，但这并不代表着他彻底地忘记了童思宇。恰恰相反，他开始思念童思宇，就像他当初思念金晶晶一样。曼陀铃甚至会想，此时此刻的童思宇正在忙些什么，在做作业，还是跟她妹妹童思斯聊天，或者跟自己一样焦急地等待着。

尽管曼陀铃知道，自己对童思宇的这种思念，是不正常的，会像毒品一样会让人上瘾，对不起父母，会辜负青春。所以曼陀铃经常迫使自己忘记童思宇，利用邓立明对童思宇的“强暴”破坏童思宇在自己心中的形象。尽管他这么做了，但是效果甚微，有时甚至适得其反。

一天，曼陀铃母亲从街上买东西回来，说在街上碰见了曼陀铃的同学。曼陀铃纳闷地问母亲：“怎么知道是我同学？”

母亲说：“我们在一个店里，那女孩问‘是不是曼村的’，我说‘是’，那女孩问‘是不是曼陀铃母亲’，我说‘你怎么晓得’，那女孩说‘长得很像’……”

曼陀铃猜这个女孩一定就是金晶晶，曼陀铃没继续听母亲讲下去，只是“哦”一声应付着，看起书来。

母亲自言自语似的，继续说：“那女孩眉清目秀的，很有礼貌，看我手上提的东西多，还问我要不要她送，我哪好意思要人家送，非亲非故的。”母亲见儿子没在听自己讲话，就提高嗓门，对着儿子说：“下学期就高三了，我和你爸面朝黄土背朝天地种着庄稼，就是想你能有出息，能考上大学，能在村里有脸面。女孩子哪，你现在谈还不是时候，等上了大学，好的一大把；要是没考上大学，没出息，种庄稼，好的也看不上这乡下……妈妈今天就当和你谈谈心，听得进去听不进去，耳朵长在你头上，反正妈妈就你这么一个孩子，不论你有没有出息，都会尽力支持你，除非我们老了，动不得了，那是没办法的事情，尽量不要添加你的负担……要是当初再给你生个弟弟、妹妹的，你也就不会有这么大压力。唉，都怪你爷爷，要学雷锋……”

虽然曼陀铃一声不吭，但是听着母亲的这一番话，心里蛮不是滋味，忽然感觉了肩上落了块大石头，感觉迷茫起来，感觉不知路在何方。曼陀铃常常想利用暑假的时间将外语补一补，但是每次看到密密麻麻的外语单词，总是力不从心，今天记下来的，过不了两天又忘记了，也许是落后得太多了、底子太薄了，要想追上去已经不可能了。想想这些，曼陀铃总是感觉蛮痛苦的。所以，曼陀铃总是期盼着尽快离开父母的视线，尽快回到学校，因为那里有着一群与自己一样迷茫、痛苦的同学，同学们在一起可以相互慰藉，让时光流逝得更快。

高三，开学后，曼陀铃和童思宇比以前更加陌生，他们也许找不到共同的语言，也许没有多余的时间，因为大家都在为高三的首次月考准备着、冲刺着。一天晚自习后，曼陀铃听到一句很让人伤心的话——“别跟他认真了，他不会是个好人，你会后悔的”，这是高霖雨的声音，应该是高霖雨在跟同桌童思宇讲,但他没听到童思宇的回话。又一个晚自习后，李进来到他寝室，问曼陀铃：“你跟童思宇，怎么感觉怪怪的，都开学这么久了，一句话都没见你俩说过？”

曼陀铃说：“高三差不多就这样吧，都在为自己的前程拼搏着。”

李进说：“你说得也对，但是不可能每个人都能上大学，那上不了大学的是不是就要去死掉？就没法活了？说实在话，我们真的很佩服你，羡慕你，也忌妒你，因为你太幸福了。人家童思宇是一个女孩子，又发生了邓立明那桩事情，人家怎么好对你先开口？”

李进继续说着：“告诉你吧，我喜欢童思宇她妹妹——童思斯。我知道这是不可能的，我们也没有任何基础，但是我不想辜负自己的青春，我想留下一些单纯的记忆，或许高三一毕业，我们各自东奔西走，说不定见面的机会都很少，所以我现在，要默默地为她的快乐而快乐，也为她的痛苦而痛苦，只要她需要我帮的，哪怕上刀山下火海我也会义不容辞……”

曼陀铃从李进的言语可以看得出，李进喜欢上童思斯已经不是一天两天的事情了，只是隐藏得很深。

李进又继续说：“你和童思宇就不一样，经历过那么多次分分合合，合合分分，应该更加懂得珍惜才对，我觉得如果你们真的喜欢着对方，不仅不会影响成绩，反而会更受激励，为了能上同一所大学努力学习。”

其实，曼陀铃很多次看到童思宇独自发呆时，都想知道童思宇在想些什么，都为童思宇的忧郁而忧郁；也很多次，曼陀铃想主动去接触童思宇，但曼陀铃害怕陷得太深不能自拔，甚至成为下一个邓立明。就这样，曼陀铃和童思宇的关系走进了一个死胡同，成了一个打不开的死结，在时间的辗压下，渐渐消失，留在心中的形象：陌生、麻木、冷酷。

一天高霖雨问曼陀铃，你知道你和思宇为什么是现在这个状况吗？“不知道，你说出来听听。”曼陀铃说。高霖雨说：“说出来你会生气的。”曼陀铃说：“生什么气，生气才对不起自己呢。”高霖雨说：“思宇真的喜欢上你了呢。”曼陀铃无语。高霖雨继续说：“但她也看透了你，恨透了你。她知道你也喜欢她的，这点你瞒得了你自己瞒不了我，因为我也是女生。她要让你活着比死去还难受，她还要让你去恨她，越深越好，这样就永远也不会忘记她。”

一天晚自习课间，班主任老曹将曼陀铃叫了出去。在走廊上，老曹问曼陀铃：“感觉高三怎么样，是不是压力很大？”

曼陀铃说：“是有压力。”

老曹说:“有压力才好，有压力才有动力。”然后又问曼陀铃:“上学期，邓立明那事，没留下什么阴影吧？”

曼陀铃说:“还好。”

老曹说:“有阴影就应该想办法解开。”说完，去进教室，将童思宇叫了出来。

童思宇的双脚很不自在地往走廊挪，她站到曼陀铃跟前，头一直往下低着。

老曹扔下指间的烟头，说:“今天，将你们两个叫出来，主要是谈谈心。去年邓立明的事情，影响极为恶劣，我希望不要影响到你们的学习，不要为这事情留下任何阴影。现在高三，是要冲刺的时候了，再怎么苦再怎么累，再怎么心不甘情不愿，也就几个月时间，如果这几个月不加把劲，几个月后肯定会后悔……后悔什么呢？后悔当初没用功……有些事情，现在不能做，有些话现在讲不如不讲，可以等以后再讲……”

老曹说着，童思宇的头就时不时地点着，表示对老曹话语的肯定。

老曹继续说:“曼陀铃，你的外语是有严重的跛脚，要赶紧抓一抓……”

…………

第二天早自习，老曹亲自指挥，对桌位做了一个小范围的调整，曼陀铃仍然坐在第一排，与李进同桌，曼陀铃的后面是语文课代表徐小草，李进的后面是童思斯。徐小草是班语文课代表，城里人，脸上不时堆着笑容，喜怒哀乐变化十分明显。

调过桌位后，童思宇梁咏琪式的碎发剪短了，比之前更加精神了，与高霖雨的互动比之前频繁了，童思宇渐渐找回了自我，重新找回了梁咏琪式的阳光灿烂。

第 11 章

夏耘出现了

这是一个深秋时节，校园里树叶落得满地都是，天气渐渐冷了起来。班会课上，老曹简单地介绍了下关于奥林匹克比赛的相关情况，说县教委根据上级统一安排，将于这周末举行全县奥林匹克选拔赛，竞赛科目为数学、物理和化学三门，每个班级有 3 个参选名额。然后，老曹公布了班上的参赛人员名单，曼陀铃将参加数学和物理的选拔赛。

奥林匹克竞赛考场氛围格外肃穆，周围的人曼陀铃一个都不认识，监考老师据说是县教委的工作人员。试题很难，尤其是数学试卷，曼陀铃看了之后感觉没有一道题是看得懂的，都很稀奇古怪；物理还能凑合，主要还是与物体的运动有关，只是运动过程格外复杂。

奥林匹克县级选拔赛的成绩很快出来了，贴在校公告栏，曼陀铃得了物理第二名，两周后将参加省级选拔赛。曼陀铃来到校公告栏前，这里挤得水泄不通，密密麻麻的脑袋起起落落。曼陀铃不停地往人群里挤去，靠得很近时终于看到了自己的名字出现在物理竞赛名单第二位。曼陀铃就这么一直盯着自己的名字,不肯移开视线。人们叽叽喳喳地谈论着，一个大个子站到曼陀铃前头，将曼陀铃挡了严严实实，后面有人说：“那谁啊，看那么久还没看好，要不要让别人看啊？”

一时间，“曼陀铃”这个名字在同学间、教师间流传开了，曼陀铃在班上有了很多绰号，他们叫他“高智商”“诗人”等，刚开始曼陀铃还有些不习惯，慢慢也就适应了过来。这样被人叫得多了，曼陀铃总感觉头上顶着光环，时常感觉自己身轻如燕、飘飘如仙。一次童思宇经过曼陀铃课桌旁，扔了句“果然高不可攀呀”，让曼陀铃听着很不是滋味，还没等曼陀铃反应过来，童思宇人已离去。

毕业班楼前，一排古老的槐树摇曳在暮色之中，晚自习前，一封信，正在教室传递着。一封散发着馨香、没贴邮票的信。不知是谁扔到了童思宇的位上，童思宇看了一眼信封，信又在其他人手中传递开了。这是一封谁写给谁的信呢，为什么大家见了都愕然，一言不发呢？

最后，这封信传到了曼陀铃的手中。曼陀铃想单独看看这封莫名其妙的来信。“不行,你要给我们大家看看。”徐小草笑得眯着眼睛,弓起身子,正准备拽住曼陀铃。童思斯也说：“不就一封信嘛，有什么好神秘的。”

徐小草闪出手，抢过信，举得高高的，笑着说：“来啊，有本事就来抢啊。”然后，徐小草撕开信封，说：“你们听着，我来读——‘曼陀铃，之前我就听姜老师在课堂上分享过你的小说，没想到你物理那么棒。我想和你交个朋友，晚上 9 点 10 分操场大树下见，我等你，不见不散。’”

徐小草合上信，塞进那张精致雅气的信封里。信封上面是一个忧伤的女孩，在看飘零的落叶。徐小草将信递给曼陀铃，开玩笑说：“喂，曼陀铃，写信给你的是谁啊，没留姓名，到底是男是女啊？难道外班的美女都给你写信了？事成之后，可要请我们好好地吃上一顿。我看你走桃花运了。”

说实在的，曼陀铃也不知道写这封信的人是男是女，是美是帅，不过曼陀铃还是暗暗希望见面的是一位婀娜多姿的女生。晚上9点，下课铃一响，同学们纷纷出了教室，徐小草临走时还叫曼陀铃留点东西等她吃。李进这几天也似乎有点不正常，一会儿心花怒放，一会儿又死气沉沉，心仿佛整天奔波于地球的两极。

“曼陀铃，怎么还不去幽会啊，人家说不定正在等你呢？”童思斯提醒。

曼陀铃说：“你不是笑我吧，我不想去，又不认识。”

童思斯一下子认真起来，说，“我才不笑别人呢，我是说真的，那女孩一定在外面等你，你总该去给人家一句答复吧，要不，还不晓得要等到什么时候。”

曼陀铃的目光移向着窗外，外面黑压压的。童思斯见曼陀铃还是不怎么想去，便有些生气：“你这样的男孩也太残忍了吧，人家或许只想跟你做朋友，做朋友总没错吧？你不想做朋友，也没有错，可你总该给人家一个答复吧。”

曼陀铃心想，如果这个人真的是一个大美女，又喜欢文学，那就可能错过了就再也遇不到了。曼陀铃呆呆地看了眼童思斯，她很像童思宇，清秀，他又看了眼童思宇，童思宇正在认真地写着作业。

教室外，风呼呼地刮着，冷冷地往曼陀铃脸上扑来。校园内一盏盏路灯的寒光，将曼陀铃的身影拉长又压短，压短又拉长。

曼陀铃来到操场的阶梯上，呆呆地站着，阶梯一级一级地往操场上铺开。曼陀铃鼻梁上厚厚的镜片因冷热交替而模糊起来。操场上的大槐树下有一个女生的身影。曼陀铃取下眼镜，用镜布擦去热气，然后又架上鼻梁。那个身影清晰了——修长的身材、修长的头发、修长的外衣、修长的双腿，朝这边望来，朝这边走来。女生打住双脚，仰头望来，说："曼陀铃，你是在等他吗？我是……"

曼陀铃听见了女生声音里愉悦的心情，曼陀铃看着她，仿佛她是个巨大的光源，将这个冷而黯淡的地方照得通亮，曼陀铃可以将她看得清清楚楚——一米六几的个头，穿身黑色长衣，胸脯明显地挺着，乌黑的长发在飘散。此刻，曼陀铃的身体浸在翻沸的热潮里，双脚正在朝迷人的旋涡移去。

"下来吧，这里没那么冷。"女生的声音软绵绵的，像他的身体。

曼陀铃走到操场，来到女生跟前。

他吞吞吐吐地说："你——你就——是——"

"是的，我就是夏耘，我是高三文科班夏耘，给你写信的那个夏耘。怎么啊，不相信？"女生满口流利的普通话，说完，将右手伸到背上，准备从包里拿出什么，以证实自己的身份。

曼陀铃连忙说："信。"

夏耘朝曼陀铃挪了一小步，说："走吧，送我回家，我们也好在路上聊一聊。"

起初曼陀铃还幻想着如果夏耘是童思宇该有多好，但他很快就清醒了，这是不可能的，绝对不可能的，他对自己说，因为童思宇是一个一心只顾学习的好学生，一个听父母话的好孩子。

就这样，曼陀铃和这个叫夏耘的女生，走出了校园，走上了大街，他们边走边聊着。夏耘说曼陀铃这个名字是从他们共同的语文老师老姜口中得知的，一天老姜拿着本手稿，在班上分享，同学们轮流朗诵，其中夏耘便是朗诵者之一。

“你那本《败后黑影》写得蛮不错，也很真实。”夏耘评价起来。

曼陀铃说：“就是瞎写的。”

夏耘说：“其实，说来蛮惭愧的，我们这些家在县城的学生的中考分数，很多都比乡镇上来的低，而且低很多，乡镇同学的家庭条件没有县城的好，却得花钱进来，很多分数确实很低的连花钱都进不来，就只能读镇上的高中。唉，其实，这真的很不公平，就像我们这儿的学生，要上北京、上海的大学，分数要比他们当地人高出很多才行……”

听着夏耘的这些话，曼陀铃心情变得格外的沉重，中考失败后的一幕幕像电影一样，在脑海中回放着：父母疲惫的身影，乡亲们说谁家孩子真聪明谁家孩子假聪明，父母对自己的开导，自己一把火将初中的日记化为灰烬，自己无言的泪滴……

夏耘的话也停了，曼陀铃和夏耘一起沉默地走着，风仍呼呼地刮着面颊。

“你在想什么？”夏耘朝曼陀铃看来，“是不是提到那本小说，又想起了很多不愉快的往事？”

曼陀铃点点头，说：“也不全是。我在想，如果有一天，不分农村、县城，也不分北京、上海，中考和高考，都能平等地对待每一位考生，那该多好啊！”

“你的意思我明白，我曾经跟我爸爸说过这事情，我爸说这是不可能的。可能你还不明白，教师的工资、学校的建设，都是当地政府掏钱的，既然是当地政府掏钱的，那优先服务当地百姓，这是肯定的。”夏耘继续说着，“除非像我爸说的，有一天，教师的工资、学校的建设、教职员工的调动，从国家层面按人口的比例平均分配，不分农村和城市，否则是不可能实现的。”

听夏耘这么一说，曼陀铃似乎明白了一些道理，心情越发地沉重起来。

夏耘忽然站到曼陀铃跟前，面对他，扮起鬼脸来，说：“不说这些了，再说，这也不是我们能左右的事情，瞎操心也没用，知道得越多越心烦。”夏耘又说，自己其实也蛮喜欢文学的，只是不敢写而已，因为自己看的书都得经过父亲筛选过的，所以看的基本都是四书五经、茅盾文学奖作品《平凡的世界》《穆斯林的葬礼》，以及一些国外的，比如莫泊桑、马克·吐温写的书籍。她曾尝试着写文学作品，但看到自己写的实在拿不出手，就干脆扔进河里了。

走到一个大超市门口时，夏耘说：“你饿吗？我们进去买点吃的，你爱吃什么？”

曼陀铃迟疑了会，有些尴尬地说：“不饿，我应该请你吃点什么。”

夏耘从口袋里掏出一张购物卡，卡上大大地印着烫金字“人民币500.00元”，夏耘将卡送给曼陀铃说：“好的，你去请，我想吃萨其马，还有，还有巧克力。”夏耘见曼陀铃半晌都没接过购物卡，就一把拉起曼陀铃的右手，将卡拍在曼陀铃的手心，说，“这都是过节时我爸的朋友们送的，不用掉也浪费了，送给你，算我们的见面礼。”

曼陀铃忐忑不安地说：“但我没什么送你。”

夏耘打量起曼陀铃来，她看着曼陀铃胸口，像发现新大陆般的兴奋，说：“我想要它，你脖子上的桃核。”

曼陀铃右手拿起脖上的桃核，说：“这个？”

夏耘点点头，说：“相信你，不会那么吝啬。”

曼陀铃将桃核从脖子上取下来，送给夏耘，说：“只要你喜欢就好，只是不值钱。”

“是的，无价，”夏耘接过曼陀铃的话音，然后催促曼陀铃说，“快进去买点吃的，我都快饿疯了。”

曼陀铃跟着夏耘一起走进超市的大门，超市里的每一位穿制服的员工，都对他们投以熟悉的、礼貌的笑容，这是曼陀铃平生遇到的最高规格的礼遇，他感觉浑身不自在。看着夏耘挑选东西时娴熟的动作，可以看得出来，夏耘是这家店的常客。

走出超市后，夏耘追问起桃核的来历，说：“这桃核雕成了一颗心，很好看，你自已雕的？”

曼陀铃回答说：“是的，用家里的毛桃的核雕的，我妈说桃核避邪，暑假无聊就在家里雕着玩，后来发现雕成了颗心，于是就舍不得扔掉，自已戴着好玩。”

夏耘说：“你好幸福啊，你妈还有时间陪你。其实我一直想要个哥哥或弟弟，可惜我爸妈只能生我这一个，否则就要丢饭碗。”说到这里，夏耘心情一下子沉重起来，继续说：“你知道吗，我小的时候，一个人真的很孤单，我爸妈经常没有时间照看我，就将我反锁在家里，就这样我一个人，除了面对一大堆娃娃外，连个讲话的人都没有。”夏耘有些哽咽地苦笑着，她继续说：“所以到现在，我都特别特别害怕孤独、害怕寂寞，我喜欢人多的地方，我喜欢去逛街，喜欢回家的路上有人陪着我；就像现在这样，我觉得我是世界上最最幸福的人了……”

夏耘停了下来，她仰起头，望向天空，然后叹了长长的一口气，说：“哎，很多诗人都说‘幸福就像流星雨，稍纵即逝’，我希望今晚这条路，没有终点，可以不停地往前走着，累了就找地方休息，饿了就找地方填肚子……”

曼陀铃听着夏耘的话，就像听着潺潺的流水，又像赏着流动的画卷，曼陀铃仿佛回到了过去，对夏耘说：“其实，我爸妈也只生了我一个，因为我爷爷想要学雷锋，我也一直特想要个姐姐或妹妹。不过我们农村会好点，挨家挨户都是乡亲，年纪差不多的基本都在一块玩，一块上学、一块放牛。尽管这样，我也还是感觉到孤单，可能是感觉到孤单的人，都喜欢幻想，然后将幻想编成故事，没打动别人之前，先自己感动得泪流满面……你如果写作，一定比我写得好。”

“为什么？”夏耘问。

曼陀铃：“因为，你的每一句话，都是一行诗，你有写作的灵性和天赋，又阅读过大量的书籍，我在你面前都感觉自惭形秽。”

夏耘连声说：“别、别，别恭维我，这样的话，我尾巴会翘上天去，我比你差远了，看你写得那么好，就知道你的想象力不是一般的丰富，这才是创作的源泉所在，是天生的，有唯一性，这才是我崇拜你的地方。”

曼陀铃：“你别只顾恭维我了，我是说真的，你真的适合写作，不信你大胆地试试，我们再一起交流交流。”

夏耘朝曼陀铃莞尔一笑，说：“好的，一言为定。如果我写小说，我爸爸应该会很赞成的，因为这样我就不再孤单，就会变得安静起来，像个淑女，就不再会给爸妈乱添麻烦。”

听着夏耘口中的“爸”，曼陀铃想夏耘爸一定不是什么平头百姓，但曼陀铃没细问。曼陀铃开始有些羡慕夏耘，也有些嫉妒，但更多的还是佩服，一个女孩能有如此深刻的思想，不得不叫人佩服。

曼陀铃转过头，朝夏耘看去——她的眼里含着笑，笑得像 12 月的薰衣草。这时，曼陀铃意识到两个人的肩贴在一起了，他有些不好意思地让了让。曼陀铃的目光在不知不觉中，被夏耘富有频率地颤动的胸脯所吸引住了。曼陀铃只看了两眼，就害羞地低下了头去。

夏耘应该是想冲淡尴尬的局面，才故意提高音量："你刚才问我什么？我还没听清呢。"

曼陀铃平静了一下，说："问你爸是干什么的。"

夏耘："哦，这个嘛，暂且保密，如果以后有机会的话，你自然就知道了。"

谈话的弦一旦被弄断了，就很难恢复原状，就是接了起来，音色也还是变了。曼陀铃和夏耘低着头，看着脚下的路，一步一步往前走着。曼陀铃也不知自己还想说些什么，似乎要说的话很多，但一到嘴边就变得淡而无味。他抬起头，看看路边的店铺和街灯，说："还饿吗？"

夏耘摇摇头。

曼陀铃和夏耘又继续沉默地走着，时不时肩膀挨在一起。忽然，夏耘停住脚步，说："到家了。"曼陀铃仰头看着门牌——望海县人民政府，曼陀铃有些惊讶地问夏耘："你家住在这里面？""是呀，没什么啦，"夏耘微笑着，说，"你回吧，天实在冷，小心着凉。谢谢你送我，我会听你的，开始写作。这周日上午 11 点，老地方见，你应该不会拒绝吧？"

曼陀铃点头答应。

曼陀铃独自在街上小跑着，浑身热乎乎的，脚滚烫滚烫。他气喘吁吁地来到教室门口，里面的人很少，大家都在聊天。他见童思宇不在，就没进去。他在教室外凭栏望远：夜空黑压压的，教室前的瘦树，蜷缩着身子，月亮不知何时沉没在了茫茫黑海。

这晚，曼陀铃做了个梦，他梦见了童思宇，梦见童思宇躺在自己的床上。这床是曼陀铃爷爷传下来的，曾经躺过曼陀铃的爷爷和奶奶，还有他的爸爸和妈妈，现在只有曼陀铃一个人睡着。

"思宇，来试试这件衣服，看合身不？"曼陀铃拎着刚从商城买来的裙子。

"谁叫你买衣服的，你哪来的钱？"童思宇坐在床上，说。

"我高兴啊，我的稿费。"

…………

男生宿舍后面的工地上，人声早早地沸腾了起来，它唤醒了大地，轰隆隆的机器在太阳灯下骚动着。曼陀铃醒了，缓缓睁开眼，伸着脖子，向外望去——天色一片昏沉，就像自己的大脑。风还在呼呼地刮着，曼陀铃依稀记起了那个荒唐的梦。他缩回脖子，又静静地闭上眼睛，静静地躺着，用心感受着那个荒唐的梦。

周六下午放学后，家在县城的同学都急匆匆地回家去了，童思宇正在整理着课本。曼陀铃鼓起勇气，去到童思宇的课桌前，忐忑不安地问："回家吗，这周？"

童思宇头都没抬，边整理书本边说："回不回关你什么事。"

曼陀铃继续忐忑不安地说："我想你——明天上午一起去——"

“去哪？”童思宇漫不经心地问。

“吃饭。”曼陀铃说。

“还有谁？”童思宇追问。

曼陀铃一时语塞，不知道怎么回答。

童思宇放下手中的书本，抬起头来，瞪着大眼睛，嘴角扬着僵硬的笑，说：“你以为，得了个破物理竞赛第二名，就牛德不行了，是吧？”童思宇眨巴着眼睛，继续说：“是不是那天，那个写信给你的女生想请你，你想拉我去当电灯泡，是吗？我就知道，你找我准没好事情，这么久了都不跟我说句话……”

“真的不去吗？”曼陀铃有些失望地问。

“不去！气死你！”童思宇语气生硬地说。

“为什么，这么对我？”曼陀铃问。

“哼，为什么，你说为什么，你回去问问你妈，如果我真成了她的儿媳妇，那还得了，如果你真的没考上大学，你妈还不将我吃啦，得啦得啦，还是早点死了这条心好。”童思宇说着，面颊泛起了羞涩的红润。

第 12 章

成长故事

周日上午，还没到 11 点，曼陀铃来到操场上，这时夏耘已在那槐树下等着了。她朝曼陀铃望来，露出花一样灿烂的笑容。夏耘穿身白色呢子长褂，那头扬起的乌发宛如黑夜里的飞瀑。

这天，夏耘带曼陀铃去了一个名叫“望海楼大饭店”的地方，从外伸的门头上那硕大的金光闪闪的大字，就能看出这是一家县城里上档次的饭店。他们还没进入大门，门内侧两边的四名女迎宾就向他们鞠躬，并齐声喊“夏小姐好，先生好”，然后一名年轻貌美的服务员带着他们上了二楼“玫瑰厅”。服务员很是职业地为他们打开空调暖风和电视，她略微弯腰将左手抱在胸口的餐牌递给夏耘，并说：“夏小姐，请点餐。”

夏耘将餐牌放在曼陀铃跟前，说：“点你爱吃的就行，这里的东西我都吃腻了。”

曼陀铃翻起这本精致的木纹封面的餐牌，看着内页上大幅的菜肴图片和这些菜肴的价格，曼陀铃感觉很难点，心想一盘鱼 28 元，相当于 50 斤稻谷呢。曼陀铃找来找去也找不到便宜的，就又将餐牌推给了夏耘，说：“太贵，我下不了手。”

夏耘说：“还好吧，不是很贵，我们经常来这里吃的，味道很正宗，食品很绿色、很环保。”然后，夏耘将餐牌递给了服务员，说，“就来四菜一汤吧。”

服务员用征求的语气礼貌地对夏耘说：“板栗烧鸡、酱板烧鸭、水煮牛肉、剁椒鱼头，再加排骨虫草汤，夏小姐，您看行吗？”

夏耘干脆利落地说：“可以。”

这天，曼陀铃和夏耘边吃边聊，聊了很久。这天，夏耘跟曼陀铃讲述了自己成长的故事。

夏耘出身在一个干部家庭，那时夏耘爸爸是县里一名普通的县宣传干事，夏耘妈妈在县人民银行工作。从夏耘记事时起，夏耘的爸妈永远是忙碌着，农村的爷爷奶奶就只好将庄稼地托付邻里耕作，专门陪伴着夏耘。

小时候夏耘最快乐的事情是跟院子里的小朋友们玩，可是四岁开始上幼儿园后，夏耘妈妈认为不能让孩子输在人生的起跑线上，于是又给夏耘报了舞蹈兴趣班、手工兴趣班、音乐兴趣班。原本性格活泼可爱的夏耘，开始慢慢变成了机器人一般，懒得动脑筋，一切按照她妈妈安排的做。

其实，夏耘对舞蹈一点兴趣没有，对舞蹈老师也没有好感，她甚至讨厌舞蹈老师，讨厌发明了舞蹈的人。如果世界上没有舞蹈这回事，夏耘就不用整天无休无止地练习舞蹈基本功，什么踢腿、劈叉、下腰，就不会经常因为没有练习舞蹈基本功而被妈妈骂，也不会经常因为跟妈妈撒谎说自己已经练习了基本功而挨打。

为了舞蹈，为了给夏耘减压，夏耘爸妈经常吵嘴，夏耘爸爸总是站在女儿这边。夏耘爸爸经常对妻子说：“我们农村孩子，连幼儿园都没上过，整天就是玩泥巴、钻水沟、上山采毛栗，不也一样长大了，虽然混得不怎么好，但也不比你们所有城里的都差。明天我去将女儿的舞蹈班取消了！”

“你敢！你们那是什么年代啊，现在是什么年代啊，以后孩子的竞争多么激烈，你知道吗？舞蹈能培养女儿的气质，为什么不让她学？凡事都要坚持，养成了一个凡事都坚持的习惯，以后长大了，女儿将受益终生……”夏耘妈妈总是这么强势地反驳着丈夫。

夏耘爸爸总是遗憾地对妻子说：“我要女儿健康、快乐、正直，这点比什么都重要，打小就没有玩的时间，没有童年应该有的欢乐，就是学了再多东西又能怎样，要那气质又有何用？”

上小学后，夏耘很明显地感觉时间越来越少，可是妈妈要求她上的兴趣班不减反增。夏耘经常因为没完成作业而受到老师的点名批评。当夏耘妈妈知道女儿经常没完成作业时，气愤地将女儿一顿痛打，说要让女儿永远记住，就是晚上不睡觉也要将作业完成掉，而且要严格地完成。

夏耘爸爸为了给女儿减压，跟妻子吵嘴的次数越来越多，越来越频繁，越来越厉害，夏耘爸爸甚至向夏耘妈妈提出了离婚，女儿归父亲。可是夏耘妈妈说：“离婚可以，女儿你休想！”夏耘爸爸实在忍受不了时，说：“女儿归你就归你，眼不见心不烦，女儿是死是活，这是她自己的命！”

一次，夏耘爸妈的离婚协议都打印好了，女儿归妈妈。夏耘一下子感觉天要塌下来一样，冲过去一把抓起离婚协议，不停地撕着，泪水流个不停，她哭喊着:“爸爸，妈妈，我求求你们了，别吵了，好吗？爸爸不在这个家，我也不想活了！我不能没有爸爸，别的孩子会欺负我的！”

也许就是那件事发生之后，夏耘才开始讨厌读书的，她总是想方设法找出借口去找院子里的孩子玩。一天晚上，夏耘妈妈见夏耘的考试成绩不理想，就批评她。夏耘控制不住地说:“我不想读书了，什么都不想学了，我要跟爷爷奶奶回农村……”

“回农村！不读书啦？不上大学啦？”夏耘妈妈怒不可遏地说，接着将枪口对准了爷爷奶奶，“爸妈，以后你们再也不要在夏耘面前说回农村的事情，你们看，现在好了，成绩不好，学都不想上了，才小学就这种想法，以后初中、高中还得了，这样会害了夏耘一辈子。”

夏耘爷爷奶奶被气得一声不吭，第二天一早坚决要回农村，不论夏耘爸爸怎么劝也无济于事。从那以后，夏耘爷爷奶奶就没再来县城长住过，夏耘奶奶说她每次来都是为了看孙女，再捎一些农副产品过来，说农村的稻谷自己种的没有打有毒农药，说农村的鸡蛋没有喂饲料等等。

从那以后，夏耘的境遇更加糟糕了，夜里经常等到很晚，她的爸妈才回家，她一个人经常在家里吃泡面或者在楼下吃快餐。她经常感觉自己是一个没人爱的孩子，尽管爸妈都有着体面的工作。爸妈也经常良心发现，说该好好陪陪女儿，但更多时候他们还是会让她失望。爸妈可能是觉得欠了女儿太多，所以总会往女儿书包里塞钱，叮嘱女儿想要些什么就自己买，钱不够就告诉他们。

初中一年级的时候，夏耘在班上已经算是比较富有了，她经常买糖果去班上分享，这样她的好朋友就慢慢多了起来。朋友一多，就有的玩了，比如溜冰、打台球、唱歌、看电影，玩的东西多了，她渐渐开始逃课了，开始学会了抽烟、喝酒、打架。

一次在台球室，夏秐的一个姐妹开杆时不小心戳到了一大龄女生的胸口。大龄女生当场“哎哟”一声后，就冲夏秐的姐妹骂去：“你妈的找死啊，敢戳本姑娘。”接着，大龄女生的男朋友，不问三七二十一，用杆头猛地朝夏秐的姐妹胸口捅去。夏秐的姐妹当场瘫坐在地。

夏秐见状叮嘱朋友们不要轻举妄动。然后，她跑去前台，从书包里抓出一把钞票，拍到那身形彪悍、胳膊刺着两条龙的男子跟前。这个彪悍的男子一手拿着夏秐的钞票、一手拿着个啤酒瓶，冲过去将那对男女劈头盖脸一顿打，直到那对男女跪着向夏秐求饶为止。

这事情后来弄得越来越大，那对男女后来放风说要找黑社会将夏秐砍死，弄得夏秐爸妈整天提心吊胆的。也是从那以后，什么学习成绩，什么兴趣班，全部停止了。夏秐妈妈为女儿的人身安全着想，请了一名当兵退伍的姐姐保护夏秐。这位姐姐叫孙倩，夏秐就管她叫倩姐。倩姐几乎全天候陪伴着夏秐，一起起床、一起上学，一起放学，一起吃晚饭，一起睡觉。就这样，夏秐一直很安全，也慢慢懂事了，知道自己还要考大学，知道自己的成绩在班上排得很靠后，需要加倍努力。

夏秐初二时，夏秐爸爸已经连续多次被组织提拔，成了县里一名不可或缺的干部。要不是因为夏秐爸爸的干部身份，仅靠夏秐的中考成绩，夏秐是不可能进一中读高中的。

夏秐17岁生日那天，正读高二，家里召开了一次重要会议，会议地点也是望海楼大饭店，这次夏秐爷爷奶奶、外公外婆也一起参与了进来。开席时，夏秐妈妈说：“秐儿，今天你满17岁了，也不再是小孩啦，妈妈祝你生日快乐。爷爷奶奶、外公外婆，照看得都很辛苦。今天呢，叫四位老人家过来，一起庆祝你 17 岁生日，一起吃个团圆饭，再重点讨论讨论你的学习情况。你们很快就要分文理班了，都想听听你的想法，比如长大以后想做什么，你的梦想是什么，你就随便说。”

夏耘想了想，接过妈妈的话，说：“我想选择文科班，要陪伴在你们身边，照看着你们，梦想什么的还没想好。”

夏耘妈妈说：“我和你爸还年轻，爷爷奶奶、外公外婆有爸妈陪着，你应该走出去，去学习更多的知识，我们银行里啊，好几位同事家的哥哥姐姐都出国去了，去了加拿大、澳大利亚、新西兰或美国，那里有着世界上最先进的教育方式和最前沿的学科理论……”

夏耘爸爸及爷爷奶奶都有些愕然，夏耘爸爸对妻子说：“出国的事情，对女儿来说，是不是提得太早了？”

夏耘奶奶急着打断儿子的话，说：“家里不是好好的吗？送去那么远的，要是我们死了，孙女都赶不回来咧！”

夏耘对妈妈摇摇头，说：“我不想出国，起码目前我还没做好这个准备。”

夏耘妈妈见女儿表态，有些不高兴，她激动起来：“别人家孩子，想出国都没这条件，你看你看，你这孩子，爸妈没日没夜地工作，是为了什么啊，还不是为了你，为了存更多的钱，为了你学到更多知识，为了你将来有一份舒适的工作、一个幸福的生活……”

夏耘打断妈妈的话，也有些激动地说：“妈，从小到大，你知道吗？对我来说，缺少的不是钱，也不是你们所说的知识，而是缺少你们的陪伴。”夏耘说着说着，眼泪禁不住地往下流，一把鼻涕一把泪地继续说：“所以，我希望我长大以后，弥补这个缺憾，更多地陪在你们身边。现在好了，你们都不要我了，要将我送到国外去，送到一个陌生的地方，那里可能很发达，很文明，但是却没有你们。”

夏耘站起来，伤心地说：“我都怀疑，我到底还是不是你们亲生的，你们不要我就直接说，我不会死皮赖脸缠着你们。”说完，夏耘冲出了餐厅包间，下了楼梯，又冲出了饭店大门。夏耘爸爸在身后追喊着。这晚，17 岁生日，是夏耘过得最伤心最难过的一个生日。这晚，夏耘爸爸带着女儿去了江边，爬上堤坝，这条堤坝是情侣们经常光顾的地方，所以成了无人不知晓的“情人坝”，父女俩就在这坝上不停地走着。这晚，夏耘爸爸问了女儿很多事情，包括学习、生活、有哪些要好的同学、这些同学的家境和学习状况等等。这晚，夏耘感觉自己长大了，真的不再是小孩了，可以跟爸爸平等地聊天了。这晚，夏耘爸爸说要做女儿最要好的无话不谈的朋友，爸爸永远舍不得跟女儿分开。这晚，夏耘觉得，妈妈是庄主，自己就是庄园，而爸爸是庄园的守护人。

从这以后，夏耘妈妈也很少提起女儿出国留学的事情，说如果女儿真的出国留学了，一定陪着女儿一起出国，等到学成时再一起归来。每每听到妈妈这么说，夏耘就像只小猫一样，爬在妈妈的怀抱里，那一刻只有对妈妈的爱，很纯真的爱。

慢慢，夏耘开始理解爸妈了，开始听懂妈妈在自己 17 岁生日餐桌上说的那一席话了。有时，夏耘想着要出国，总是难免紧张，害怕面对陌生的环境，但是也经常期待，因为她如果出国的话妈妈就能更多地陪在自己的身边。

夏耘爸爸真的跟女儿做了无话不谈的好朋友，他很喜欢分享女儿成长过程中的喜怒哀乐，还经常开玩笑地问女儿要不要谈个男朋友，夏耘总是回答说:“要不爸爸就做我的男朋友得啦。”爸爸又说:“这样你妈妈会吃醋的。”但夏耘爸爸总是忘不了叮嘱女儿不能耽搁学习。

有时候夏耘爸爸也会让女儿分享自己工作中的喜怒哀乐。他对夏耘说,老家好是好,但是太穷,没什么前途,还是要到外面看一看,多见识见识,年轻人要有梦想、有激情、不怕失败。夏耘爸爸跟女儿说:“出国的事情,其实爸爸是很舍不得的,只有你这么一个宝贝女儿。但是,现在确实很多朋友的子女出去了,现在咱国家在很多方面还要向别人学习,虚心地学习,多学些本领回来总不是坏事情。”

听到爸爸经常讲这些话,夏耘意识到出国留学是迟早的事情。但她总觉得就这么出去了,似乎缺少了些什么,也许是纯洁的爱情吧,因为或许过了这个季节,这种爱情就永远永远也无法找到了。

第13章

曼陀铃当了县长女儿的“哥哥”

夏耘讲完了她自己的故事，脸上流淌着无奈的泪水，也挂着幸福的笑容。夏耘起身说去下卫生间，回来时面泛红润，宛如灿烂的阳光照到地平线时的天空。她坐定，朝曼陀铃问：“刚才，我是不是很失态啊？让你见笑了。”

曼陀铃连忙说：“没有，其实我的心情，一直随着你的故事波动。”

夏耘笑着说：“那些都过去了，现在我也不知道自己是否真的会出国，会是什么时候出国，或许明天，或许后天，都有可能。不过我现在也想开了，我成绩又不好，考国内大学想都不敢想。”

曼陀铃也笑着说：“叫你爸给安排个什么单位？”

夏耘摇摇头，说：“我爸不是那种人，靠不住。出国留学，镀镀金，回来就成海归了，可能还最适合我。”

忽然，包间门“嘭嘭嘭”地被敲响了，夏耘说了声“请进”。门被推开，进来一个看起来二十五六岁的女子，身材高挑，颇有气质。夏耘起身，亲昵地拉着来者的胳膊，向曼陀铃介绍起来：“曼陀铃，这就是我刚才讲的孙姐，我亲爱的孙倩姐姐，我们可是比亲姐妹还亲姐妹，在县广播电视台工作。”然后，夏耘又将曼陀铃介绍给了孙倩，说，“孙姐，我来介绍下，他就是我们高三 3 班的作家诗人、县奥林匹克物理赛第二名的曼陀铃。”

孙倩落落大方地朝曼陀铃伸过手来，曼陀铃轻微地地接过孙倩的手，礼貌性地握了一下。寒暄过后，孙倩像记者一样向曼陀铃提问：问曼陀铃什么时候开始写诗歌？为什么喜欢上了文学？喜欢文学为什么不去学文科，反而把物理学得那么出色？将来的梦想是做什么，文学家，还是物理科学家？马上就要去参加省奥林匹克物理赛，有没有什么感想？物理这么出色，是不是有学习技巧？等等。

曼陀铃说诗歌培养了自己的想象力，而物理是最简单的学科，因为只用记住动量守恒和能量守恒两个公式，只要不遗漏运动的过程，基本都不会出错。至于文学家还是科学家，自己内心很崇拜科学家，因为科学家忘我的精神值得崇拜。曼陀铃说这两个“家”应该都当不成，因为自己英语太差，偏科太严重，所以很难考上好大学。

夏耘开玩笑说：“等到哪天英语不用考了，再来考。”

孙倩对夏耘说：“你真会哄人开心。”

这顿饭，一直吃到了下午三点多钟，准确地说是聊到了下午三点多钟。孙倩看了看腕上的表，说下午还有个会需要到场。然后，朝门口喊了声“服务员”，服务员进来了，孙倩说结账。服务员将抱在胸口的黑皮本子打开，礼貌地送到孙倩跟前。孙倩粗略地扫了一眼，签完字后将本子和笔给了服务员。

出了望海楼大饭店大门后，孙倩问夏耘：“你们下午还要去逛不？我开车载你们。”

夏耘想了想。说：“就去望海世纪商场吧。”

曼陀铃坐在孙倩的车里，感觉浑身不自在，或许这是曼陀铃平生第一次坐小轿车的缘故吧；也可能因为曼陀铃是农民的儿子，享受如此待遇，内心不安。

下车后，曼陀铃看着“望海世纪商场”几个大字，心里忐忑起来，因为这里离一中不远，步行十几分钟，同学们周末经常光顾于此。曼陀铃朝夏耘说：“会不会遇到同学啊？”

夏耘看着曼陀铃，面带微笑，说：“怕什么，我们又没干坏事。过几天你就要去合肥了，看看有要准备的不。”

曼陀铃推着小推车，跟在夏耘的后面，在超市里乱逛着。牛奶、面包、萨其马、瓜子等，夏耘时不时随手往小推车里拿。来到服饰区，夏耘说要给曼陀铃买两套衣服，曼陀铃尴尬地说：“不用，真不用。”夏耘说：“反正购物卡也用不完，你去合肥就代表着我们县里的形象，一定得打扮下。”

曼陀铃双脚有些沉重，感觉有点累。

夏耘说：“那有凳子，你休息会，有事再喊你。”

曼陀铃朝夏耘点点头。

曼陀铃选了个凳子坐下，头低着，双眼微闭，以免遇到熟悉的同学。这一刻，曼陀铃脑中空荡荡的，感觉坐着的这个人不是他自己，是别人，因为自己很少出现在这个超市的服饰区。

忽然，曼陀铃似乎听见一个人在朝自己喊话：“哟，你干吗在这？”

这似乎是童思宇的声音，曼陀铃告诉自己这是幻觉。脚步声离曼陀铃越来越近，语气加重说："你是曼陀铃吗？"

这的确是童思宇的声音，曼陀铃抬起头，看见童思宇站在离自己十来米远的地方，她旁边站着童思斯。曼陀铃起身，朝童思宇走去，说："你们也来逛啦。"

"怎么了，就你能逛？！午餐吃得 Happy 吧，吃完再来逛超市，小日子过得不错，"童思宇扭过头去，望着不远处挑选衣服的夏耘，说，"是她吧？县长大人的女儿，难怪这么大方。"

曼陀铃听童思宇说着，前半句心里酸溜溜的，后半句感到愕然不已："原来夏耘就是县长的女儿，难怪购物卡花不完。"

面对童思宇，曼陀铃不知道该说些什么，他心里乱乱的，智商明显下降，只知道直愣愣地看着童思宇，童思宇还是原来的童思宇，没有变，如果硬要说童思宇有什么变化，就是对曼陀铃的态度，变得喜欢冷嘲热讽。到目前为止，曼陀铃还不知自己母亲在电话中跟童思宇说了些什么，但可以确定的是，自己母亲的言语的确伤了童思宇的心。曼陀铃和童思宇就这么尴尬地对视了好久，他们的关系似乎打了一个死结，无法解开。

"哥，你们在聊什么呢？"夏耘在不远处朝曼陀铃喊着，然后朝这边走来，说："哥，这是你的同学吧？"

曼陀铃回答说："是，她叫童思宇，她叫童思斯。"

夏耘朝双胞胎说："你们双胞胎姐妹好漂亮，走在校园里，我经常看见，像道风景。"

童思宇看了夏耘一眼，朝曼陀铃说："什么时候有个官妹妹，也不告诉我们，是不是怕我们占了便宜……"

夏耘说："哪里哪里，要不晚上我请你们，一起聚聚？"

童思斯有些不高兴，对童思宇说：“跟他们聊这些有什么用！我走了！”

童思宇跟在童思斯的后面，慢慢消失在曼陀铃的视线中。

夏耘碰了碰曼陀铃，微笑着说：“发呆啊！”

曼陀铃有些失态地勉强地微笑，说：“没有。”

“她是你女朋友？”夏耘问。

“还算不上吧。”曼陀铃说。

“那就好，那以后我就称你‘哥’，一直都梦想能有‘哥哥’，终于有了，好开心，”夏耘说着，拉起曼陀铃的手，说，“哥，我刚才看了套衣服，一定很适合你，去看看。”

周日晚自习前，曼陀铃去到教室时，童思斯正跟徐小草正聊着，见曼陀铃过去就都埋头说悄悄话。童思宇目光直直地盯着曼陀铃，一副得意扬扬的样子，哼着小曲儿。曼陀铃朝童思宇使了个鬼脸，童思宇也朝曼陀铃做了同样的动作。

曼陀铃和县长女儿的关系，慢慢在同学间传播起来。寝室里，江心洲说：“诗人，你都攀上县长女儿了，还读什么书啊，不如叫县长大人给安排个好工作，再去写写诗歌，出出书，不就成作家了吗，还在这受个罪干吗啊？”

可能江心洲说的是心里话，但是曼陀铃听起来怎么都怪怪的，感觉自己被嘲讽了，曼陀铃不客气地说：“你胡说什么，怎么叫攀上了?！”

江心洲听曼陀铃这么一说，也有些生气，说：“诗人，我们是兄弟，我说的是心里话。如今，你成名人了，兄弟间也有隔阂了，是吧，唉，世态炎凉啊！”

星期一早自习期间，语文老师老姜跟一男一女在走廊上聊着。男的肩上扛着个摄像机，女的拿着话筒。曼陀铃定睛一看，女的正是孙倩。过了好一会儿，老姜来到教室，走到曼陀铃座位旁，敲了下曼陀铃的课桌。曼陀铃跟在老姜的身后，一起去到走廊上。老姜将曼陀铃和孙倩做了一番介绍。然后孙倩又将昨天餐桌上的问题重新提问了一次，曼陀铃也重新回答了一次。

孙倩离开前问曼陀铃："可以将你的诗作借我去看不，我保证一定保管好。"曼陀铃回到教室，将课桌里面的两个本子拿了出来，交到了孙倩手中。孙倩和扛摄像机的走后，老姜又跟曼陀铃聊了好一会儿，老姜问曼陀铃能够理解"拔苗助长"的内涵。曼陀铃回答说："做事情不能一蹴而就，需要沉淀，就像写作，不是一两天能成的。"老姜没多解释，只是头摇了摇，抽起他的烟来。从老姜的脸上，看不出有什么表情，错乱、复杂、忧虑、怀疑，可能都不足以形容。

星期二，教室里的很多同学都在聊着曼陀铃上电视的事情。老曹也找曼陀铃谈话，说曼陀铃电视也上了，诗歌也在广播电台也播出了，问他成了名人后的感觉如何。曼陀铃一时答不上来，说这一切自己都不知道。

老曹继续说："你有你的特长，是件好事，但很多事情，不能过，过了火就会伤着自己。"

曼陀铃点点头，向老曹表示知道了。

老曹又说："这周六，县教委会安排你们去省里参加奥林匹克赛，中午 12 点到教委大堂集合，不要迟到，周日下午回来。至于你的物理竞赛，尽力而为就好，也不要太为难自己。"

省级竞赛，确实难多了，根本不是物体运动那么简单。曼陀铃只好晕头转向地做着，然后挨到时间交卷，不抱任何希望。

一天，夏耘告诉曼陀铃说：“我爸妈应该知道我们走得很近，说我一个女孩子晚上一个人回家不安全，以后每天都会开车来接。从今以后，每天晚上，你只能送我到校园门口，晚自习放学后，我会准时到你们教室窗外等你。”

从这以后，同学们经常能看见夏耘站在窗外、朝曼陀铃座位方向招手，每当这时，教室里的男生就会阴阳怪气地叫着。校园里这段很短的路上，曼陀铃和夏耘总是走得很慢，他们漫无目的地聊着，很自然很轻松。

又一天，夏耘告诉曼陀铃说：“我们的语文老师老姜已经递交离职申请，准备去上海那边的学校发展。”曼陀铃问夏耘：“老姜干吗要离职？”夏耘说：“上海工资高呗。”这晚，曼陀铃和夏耘都心事重重，没说几句话，可能是内心深处都有被老姜抛弃的感觉。

曼陀铃忽然想到了自己写的那本《败后黑影》的手稿还在老姜那里，于是着急起来，问夏耘：“老姜是不是明天就不来教书了？”夏耘说：“他的离开应该也就这几天的事情了。”她似乎心领神会，说：“你是说你的手稿还在姜老师那是吧？”曼陀铃说：“是的。”夏耘说：“那就得尽快要回来，说不定姜老师家搬了以后就可能难找了。”曼陀铃点点头。夏耘说：“要不这样吧，我去找姜老师要，我替你保管着。”曼陀铃点头同意。

12月底，一个晚自习结束，夏耘出现在曼陀铃的教室窗外，她没有招手，也没有微笑，只是呆呆地靠在栏杆上，借着窗户朝曼陀铃看去，那头乌发在寒风中战栗着。曼陀铃去到走廊，问：“今天怎么了？”夏耘只顾摇头，那头乌发颤动得更加明显，过好一会儿才说：“今晚我想你送我回家，好吗？”

曼陀铃点点头。曼陀铃和夏耘一直沉默着走出了校园大门。夏耘忽然说:“很快,我们就要分开了,或许再也见不到,或许再见时已物是人非。”曼陀铃本能地停下脚步,仿佛置身冰窖之中,动弹不得。夏耘也停住了脚,他们相互看着。过了好一阵子,他们又沉默地走着。

又过了好一阵子,曼陀铃问:“为什么说这些?你父母知道我了?的确,我配不上你。”

夏耘心事重重地说:“不是!”然后又走了几步,再说:“我的留学手续办完了,明天就要去英国,本来想早点告诉你,可我开不了口,我不想让你过早地知道。我告诉自己,每一天都可以过得很长,只要好好珍惜,可是,每一天都过得这么快,走着走着,我们就走到了终点……”夏耘说着说着,哽咽了,脸上的眼泪晶莹剔透,她拉起曼陀铃的手,问:“你会记得我吗?”

曼陀铃直直地看着夏耘,说:“会。”

“你会给我写信吗?”夏耘一字一句地问。

曼陀铃说:“会。”

走着走着,曼陀铃和夏耘就走到了终点,再拐过一个墙角就是县政府大院的大门了。突然,夏耘停了下来,拉起曼陀铃的手,走到墙角。两个年轻人又相互地看着,曼陀铃看见了夏耘泛红的面庞,以及面庞上流淌的泪滴。两个年轻人不约而同地将对方抱住,紧紧的,紧紧的,寒风从他们耳边刮过,他们感受着彼此的心跳、彼此的呼吸、彼此的味道。他们的嘴唇,情不自禁地吻在一起,这是曼陀铃和夏耘的初吻。

两个年轻人就这样一直紧紧地抱着,似乎忘记了身在何处,忘记了归宿在何处,寒冷的空气似乎被他们融化,他们只感觉到彼此热乎乎的心在跳。

夏耘哭出声了，伤心地说：“我想永远永远就这样，不分开，就这样抱着你。”

曼陀铃没有言语，只是将夏耘抱得更紧。

夏耘断断续续地说：“我永远永远，忘不了你，你给了我最美好的回忆……你一定要记得我，不管我们能否再见……你一定要给我写信，要不，在那边，我会孤独……”

第 14 章

高考前的冲刺

夏耘出国后的第三天，孙倩来学校找过曼陀铃一次，将曼陀铃写诗歌的两个本子还给了曼陀铃，说以后有困难随时找她，她家的电话和地址在两个本子的最后一页都有。当曼陀铃问夏耘大概多久会回来时，孙倩说这个她也不知道，最快可能明年暑假吧，最慢可能要等到大学毕业吧。曼陀铃只说了一句“哦”，表示知道了。

大概半个月后，曼陀铃收到了夏耘的一封来信，夏耘在信中说妈妈在那陪伴着她，自己要在英国将缺失的母爱全部补回，叫曼陀铃不用担心；还说如果曼陀铃可能也想去英国读书，她会说服爸妈全力支持曼陀铃，说叫曼陀铃给她回信，不管以后能否见面、能否联系，都得记住她，因为她会永远记住曼陀铃。

收到夏耘来信的当晚，曼陀铃也写了封给夏耘的信，告诉夏耘现在学校的情况，告诉她最近一次月考自己考得不是很理想，自己英语很头痛，孙倩来找过他，自己很感谢并会永远记住这段时光。为了以防信件丢失，曼陀铃每两天就投递一次，尽管如此他仍然没再收到夏耘的回信，或许曼陀铃写的信夏耘同样没收到。在他心里，似乎夏耘真的成了妹妹，他多了份牵挂，多了份思念，也多了份虔诚的祝福。

后来，有一天夜里，曼陀铃做了个梦，梦见夏耘母亲回国了，将夏耘一个人丢在英国，夏耘一个人举目无亲，整天以泪洗面。早上一觉醒来后，曼陀铃觉得有必要打个电话给孙倩，确定下夏耘妈妈是否真的回来了。晚自习后，曼陀铃来到小店里，按照孙倩写给自己的电话号码拨了过去，但是电话始终处于无人接听的状态。这夜，校园大门关闭前，曼陀铃又去了一趟小店，重复拨打孙倩家的电话，这次电话通了，曼陀铃说明了自己的身份后,问孙倩夏耘妈妈回来了没有。孙倩说应该没有吧，夏耘妈妈怎么可能将夏耘一个人丢在国外呢，她叫曼陀铃放心并好好读书，遇到什么困难可以联系她。

夏耘出国之后，曼陀铃的生活渐渐恢复了平静，恢复了原来的面貌。慢慢，曼陀铃发现，什么名利、光环无非是过眼云烟，自己农民孩子的身份也不会因为上了一次电视而改变，那都是人为制造的假象，让自己变得虚荣、浮躁、轻飘，不再像原本的自己。

12 月的月考分数出来了,曼陀铃考得很不理想,老曹找曼陀铃谈话时,很诚恳地告诉曼陀铃:“这段时间你变了，变得连我都快认不出来了，很多时候聪明反被聪明误，很多时候人怕出名猪怕肥，什么人一旦不再脚踏实地，往往摔下来很受伤，希望在学期末最后的时间里，你能冲刺一把，回家过个好年……”

元旦过后，很快就要期末考试了，同学们都在拼命地学习，晚上 11

点教室灯熄灭了，同学们就点着蜡烛。即使教室窗外大雪纷飞，教室里仍然热气蒸腾，这种努力来自青春的激情与梦想，来自对大学的无限期待。老曹曾多次提醒大家，要注意身体，天气很冷要注意保暖，要注重劳逸结合。

曼陀铃也渐渐融入到了这种学习的氛围之中，但还是有很多题目不会做，就连最擅长的物理和数学也变得生疏起来。他开始紧张、焦虑，开始自责。晚自习后，童思宇也经常坐到徐小草的座位上——童思宇的旁边——曼陀铃的身后。但是大家都忙着自己的作业，很少有以前的闲情逸致，偶尔交流一下也是谈论模拟高考试卷的题目。

寒假回家当天，曼老三特地杀了只鸡犒劳儿子。晚饭时，曼陀铃母亲说："听说你还上了电视，还去合肥考试去了？照理说明年上大学不成问题吧？"

曼老三打断妻子的话，说："吃饭就好好吃饭喽。"

曼陀铃问母亲："听哪个说的？"

曼陀铃母亲说："县电视台都播了，还有你的相片，全村人都知道。"

曼老三白了妻子一眼，意思是说母亲不应该提这些事情。

曼陀铃母亲大概是没明白曼老三的意思，越发为儿子自豪："那可不，铃儿那么聪明，不是成绩好，能上电视、能去合肥考试不成？"

曼老三终于开口了："上了一次电视有什么了不起，明年考不上大学，看脸往哪搁！"

曼陀铃对母亲说："妈，那只是一门物理的竞赛，说明不了什么，高考是所有的都要考，一门没考好都上不了大学。"

曼陀铃母亲的自豪感忽然间荡然无存，心疼起儿子来了，说："难怪，你看，都瘦成这样子。”

晚饭后，曼陀铃家里陆陆续续有乡亲过来，多是送鸡蛋来的，乡亲们几乎都是同样的话——陀铃现在好了，都上电视了，有出息了，以后高升了可不要忘了老家。盆子里的鸡蛋越堆越高，在曼陀铃看来，这不是鸡蛋，是石头，堆在自己心头的石头，石头越来越重，压得自己快要喘不过气来。

曼陀铃跟曼老三说，这些鸡蛋不能要，快要过年了，现在这种土鸡蛋每家都紧缺。曼老三说，这是你的面子大，都希望你有出息，这农村里，人家既然送来了，就是真心的，你返回去，人家以为是送少了，会让大家都没面子。最后曼老三说，你可要好好读啊，如果考不上大学，以后怎么好意思面对人家。

寒假回家第五天，晚饭后，曼老三关心起儿子的期末考试成绩来。曼陀铃心里有自知之明，这次期末考试成绩可能是他考得最差的一次，他支支吾吾地对曼老三说：“应该还没出来吧。”曼老三走到自己的房间，拨起电话来。曼陀铃猜也能猜到，应该是在打电话给老曹。现实总是残酷的，无法逃避，尽管曼陀铃这样对自己说，但他还是屏住了气，闭上眼睛，听着。

曼老三正在咨询儿子在学校的表现以及期末考试成绩、考大学有没有把握等等。曼陀铃听清了父亲低声下气的讪笑和疲倦的“嗯嗯”声。曼老三挂断电话，走出房间，表情严肃地说：“念书！念书！现在是越念越孬！”曼老三的话音不是很高，却很沉闷。

曼陀铃母亲站到儿子身边，对着丈夫说：“分数还没出来吧？”

父亲唉声叹气地说：“我们这些人，一年到头，做牛做马都不吭一声。

曹老师说了，这次考试成绩很不理想！自己的脸不当脸，老子还要脸哪，这个家还要脸哪！”

曼陀铃一声不吭地回到自己房间，坐在写字台前，写着寒假里的补救计划。只有回家才知道，读书对一个农村孩子来说是多么的重要。父母的头发又白了许多，皱纹又深了许多，曼陀铃禁不住自责。泪珠就悄悄爬上了他的面颊，他举起右手，正准备甩自己几记耳光，但手掌悬在空中，因为他怕父母听了自己的声音会更加伤心。

此刻，曼陀铃那个什么当作家、当诗人、浪迹天涯的念头统统溃不成军。曼陀铃变得现实了许多，因为自己身在一个过于现实的世界，这个世界容不下梦想，或说只允许拥有一个梦想，那就是上大学。

寒假里，曼陀铃麻木的身心就一天天在题海里浸泡着，按照学习计划一秒秒地过着。父母担心儿子的眼睛承受不住，总是劝儿子要写一写玩一玩，要劳逸结合。可曼陀铃总是执拗地按着学习计划往下走，经常连续学习两三个小时后，曼陀铃的眼睛就难受起来，里面像塞满了细沙。曼陀铃总是用冰冷的手或钢笔贴在眼皮上，冷冷它，这样会舒服一点，再继续学习。

春节到了，这是农村一年到头最热闹的时候，亲戚依近亲和远亲相互走动着。大人们聊聊上一年的收成、新一年的打算；孩子们尽情地玩耍着，放着烟花；老人们，总是被安排在阳光最暖和、风最小的角落，享受着子孙们的一片孝心。

春节里，可能只有曼陀铃这样考大学心里没谱的高三学生过得最为煎熬，因为乡亲邻里们碰面打招呼的第一句就是“可要好好念啊，考个好大学，替父母争光”。曼老三见此状，总会客气地对乡亲邻里说：“高考这东西，哪个都说不好，全靠考场发挥。”

高三最后一个学期开学了，再过4个月就要高考了。同学们的课桌上，不知不觉堆上了《脑白金》《脑黄金》《决战考考》《高考冲刺90天》等书籍。同学们没像往年一样，整天聊着春节里的见闻，而是很快进入了学习的氛围之中。

寒假里，他脑子里装进了不少的东西，实实在在的东西。晚自习放学后，童思宇还是习惯性地坐到徐小草的座位上，李进也一如既往地埋头苦学着。

一天，童思宇问曼陀铃："曼陀铃，我们考不上怎么办？"

曼陀铃说："尽量努力考大学吧。"

"你怎么突然变得现实啦，真的好感人。假如，"童思宇含笑说，"我说的是假如噢，我当然希望大家能一起考走。但读书真是没办法的事，为了生存和以后更好的生活，就只得读书。假如没考上的话，我们都来复习吧。"

曼陀铃听着，略思片刻，说："好吧。要来就一起来。"

"一起有什么好啊。"童思斯说。

"在一起，好歹总能互相照应吧。"童思宇说。

时间在逆流，一切如初，只是曼陀铃更加成熟和懂事了。曼陀铃与童思宇一旦交往过于频繁，那潜藏在彼此心灵深处的爱恋，总是在不经意间翻上心头。时光哗啦啦流走，新年后第一次模拟高考结束了。这是一个周六上午，下午安排放假休息。教室里这些快要畸形的人，都像逃荒一样离开了教室，各自找着适合自己的方式去放松。

"思宇，你考得怎么样？"曼陀铃问。

童思宇坐到徐小草的座位上，说：“谁知道！唉，考完就别提了，说点轻松的吧。”然后，她对曼陀铃挖苦起来：“你去年认识的那个县长大人的女儿呢，是不是又被你抛了？你过得真的舒服哦，要是我，决不会放过你。”

“她元旦前就出国了，去了英国留学。其实，她并不是我的女朋友，确实像我亲妹妹一般。我一直想要这么一个妹妹，我们很聊得来……”曼陀铃很是坦诚地对童思宇说。

童思斯听了一会儿就出了去，教室里更加空荡荡的。

“你高中没有白上，什么样的日子都享受了，县长女儿都主动找上门来。不过说内心的，我当初蛮恨你，但我又祝福你，如果你真的跟县长女儿恋爱了，你真的有可能实现你的梦想，去当一名作家，”童思宇脸有些红，她继续说，“不过，过去的就让它过去好啦。现在，对我们来说，最最重要的还是读书。等高考之后，我要好好地大哭一场。”

曼陀铃：“为什么要哭？”

童思宇：“没有为什么，就想哭。”

此刻，窗外有人在喊曼陀铃的名字，曼陀铃循声看去，江心洲正趴在窗上。

童思宇望了眼窗外，对曼陀铃说：“他可能有事找你，还是出去看看吧。”

曼陀铃问童思宇：“你下午回家吗？”

童思宇说：“有什么事吗？”

曼陀铃说：“嗯——也没有。”

“我妹，说不定东西都收好了，其实我也不怎么想回去，”童思宇见曼陀铃发呆似的看着自己，说，“有什么事，就等下星期再说吧。”

江心洲对曼陀铃说自己很郁闷，问曼陀铃陪他喝酒去怎么样。江心洲还说自己本来准备回家的，但又怕家人问这问那，就没回去。江心洲将心头的不快吐尽之后，就说起了曼陀铃，说曼陀铃过的才是人过的日子。

曼陀铃怕喝酒被童思宇看见，于是选了一家稍微远一点的小馆。老板见他们点了两盘大气的荤菜，态度就明显好多了，为他们泡茶，桌子也重新擦了擦。本来还没有到正式喝啤酒的季节，但江心洲却大口大口地灌着。江心洲酒一喝多，脸上就泛出红晕，老是咬牙切齿地说一句话：“成绩好的，才算是人。”

曼陀铃说：“成绩买不了兄弟情啊。”

“这一点，你就大错特错。你看我们班，有多少成绩好的与差的玩得来，有几个女孩与我们差生打过交道，”江心洲头脑清楚，像位分析专家，“现在这个社会，多是狗眼看人，有钱有权才叫英雄，否则就是狗熊。你又不是我们，根本体味不到我们的痛苦。都是年轻人，哪个男孩心中没有个女的，可我们三年，跟女孩讲话的字数都可以数得出来。在老师眼中，是差生；在女孩心中，是混混。说实在的，我们不在教室里打打闹闹，相互取乐，又能做些什么呢？老师讲的，是一窍不通，回到家又对不起家人，教室对我们来说，就是监狱！”

曼陀铃听着听着，知道江心洲马上就会醉倒，他已经喝了六瓶啤酒了。可是老板却问还要不要加。曼陀铃摆摆手，说不要，曼陀铃带江心洲离开饭馆，将他扶进寝室，叫他睡会。江心洲却说根本没醉。江心洲说童思宇的确是个不错的女孩，叫曼陀铃要好好去珍惜。曼陀铃说他会的，自己要好好保护她，要与她上同一所大学。

这次高考模拟成绩出来后，老曹只作了简短的评述，说大家考得虽不算太好，但也不属太差，还说了几句鼓励同学们的话，说人应该看到希望。另外，他还教了同学们一些生活道理，叫同学们要勤思考，做题要精做，要多吃鱼类，说沿海人就是聪明，非洲就是出不了科学家。最后说:“我打包票说，考不上的都会复读来的。”

曼陀铃这次成绩基本正常，综合分数在班上进了前十名，可能是寒假没日没夜补救的结果，但英语仍然是他最大的弱点。

后来一连几次模拟考试，曼陀铃都发挥得比较稳定，老曹曾经跟曼陀铃说，外语是你最大的缺陷，但现在也很难改变，倒不如将其他学科学强。这样，总分 750 分的试卷，曼陀铃每次能考到 530 分左右，老曹说曼陀铃考个本科问题应该不大，至于能不能考上重点院校，要看他的运气。

第 15 章

高考的失败

6 月到了，这是一个草长莺飞的时节，也是一个天气开始燥热的时节。黑板两头挂起了“距离高考还有 36 天”的大日历，每过一天，日历上的数字就撕掉一页。老曹在班上说，大学考得上考不上到了这个时候已经基本定型，这最后一个月主要做些修修补补的工作，调整好高考心态，争取考场上能正常发挥或超常发挥。

老曹还告诉大家，从 6 月起，每周只上五天半的课，这些课程主要采用点状式的方式，将主要内容梳理一遍，大家只需对不会做的题目类型进行定点突破即可。他还叮嘱大家，这段时间一定要养成良好的作息时间，最大限度地确保上午 9 点到 11 点和下午 2 点到 4 点这两个时间段，拥有最旺盛的精力、最清醒的头脑、最准确的判断；为此，“校毕业班心理辅导室”从 6 月 1 日起成立，辅导老师会走进课堂，与大家分享心得……

面对即将来临的离别，同学们都对彼此格外珍惜，一本本毕业留念册在同学手中不停地传递着，同学们相互留下着美好的祝福语言、联系电话、一寸彩色照片。暗地里谈恋爱的同学们逐渐公开化了，老曹在班会上提醒：很快就要毕业了，希望大家珍惜在一起的最后时光，注意自己的言谈举止，不要影响到其他同学的学习，这是底线。

6 月的第二个周六，学校组织了一次毕业班学生户外活动，用老曹的话说，希望这次户外活动能让大家去淌淌臭汗，激发激发青春活力，去点燃大学梦想，这同时也是给师生一次互动拍照留念的机会。六辆大巴组成一条长龙，气势恢宏地从学校出发，在离县城不远的长江边停下。这里有连绵起伏的山脉，有一望无际的长江，同学们分好队后自由活动，爬山的爬山，在树荫下扣瓜子的扣瓜子，很快，三个一团五个一伙地配起对来。

当曼陀铃和童思宇爬到半山腰时，童思宇说爬不动了，得休息休息。于是，两人在一个树荫下席地而坐。童思宇说做梦都没想到有这么一天，能这么开心，忘记所有的事情，放松心情。风，从江面吹来，吹乱了童思宇的黑发，吹进了童思宇的双眸。童思宇说今天只聊开心的事情，留下美好的回忆。曼陀铃开玩笑说："你什么时候嫁给我啊？"童思宇说："28岁，还等多少年，你自己算一算。"曼陀铃说："还得等十年，也是弹指一挥间的事。"童思宇说："等得及吗？"曼陀铃说："必须的。"然后两人笑得前俯后仰，甚是开心。

接下来的几天，曼陀铃跟童思宇约定，要一起报考师范，去教书育人，做人类灵魂的工程师，不求荣华富贵，但求精神富有。曼陀铃想象着，如果以后当了老师，他可以在校园里，带着学生成长，寒暑假去云游山水，闲暇时写诗创作，他慢慢被自己的想象陶醉了。

一天，曼陀铃收到一封信，是从上海寄来的，信封上写着"诗青春杂志社”的字样，里面应该是一本书。曼陀铃没有立马拆开，而是等到中午休息时间，跟童思宇一起拆，因为曼陀铃想将这份喜悦分享给童思宇。童思宇拆开信后，先是抽出一封信，读着上面的铅字：

曼陀铃作者：

你的作品《人生》编号为PB300经严格审核，已成功入围“《诗青春》2000年度诗歌精品选集”，并成功获得银奖，考虑到您学习繁忙，组委会一致商定不劳烦邀请您到现场领奖，现根据您的投稿地址特将选集两本及获奖证书邮寄给您，祝您学习进步。

《诗青春》2000年度诗歌精选组委会

2000年5月10日

童思宇读完这封短短的来信，瞪大眼睛近距离地看着曼陀铃，说：“你什么时候投稿了？”

曼陀铃想了想，说：“没有啊，我从来没投过稿啊。”

童思宇眨着眼睛，心里忽然很不是滋味，过了半晌才说：“哦，我知道，原来是她，是她帮你投的。”

经童思宇这么一提醒，曼陀铃眼前掠过孙倩借他诗歌本子的情景。曼陀铃跟童思宇开玩笑说：“你没那么小气吧。”童思宇缓过神来，也同样笑着说：“怎么可能，人家帮你是人家的事情，要好好珍惜你才行，要不哪天又被谁给拐走了。”

六月下旬的一天晚上，天气热热的，曼陀铃在床上翻来覆去睡不着，一闭上眼睛总是想着马上要进行的高考的情景，神经绷得紧紧的。他还经常做噩梦，梦见自己没考上，父母总是没脸见父老乡亲，童思宇也没考上，自己和童思宇又复读了。

忽然，什么东西“啪”的一声摔在了地上，曼陀铃本能地摸了摸他枕头旁的眼镜。眼镜不见了，曼陀铃一下惊醒，坐起来，又仔仔细细地摸了一遍床头，然后几乎是将整个床都摸了个遍，曼陀铃不敢相信是眼镜真的掉下去了。曼陀铃呆呆地将双手往地上摸去，仿佛摸着的不是眼镜，而是自己的尸骨。曼陀铃将眼镜轻轻地捡起来，小心翼翼地用手指触摸着，希望它没有摔碎，可左边的镜片中间有了一道裂痕。

曼陀铃还记得，这眼镜是初二时，父亲带着他去合肥配的。从此，曼陀铃就像爱惜自己的生命一样爱惜着这副眼镜。初二时，曼陀铃坐在第一排仍然看不清楚黑板，曼老三带儿子去县城医院检查，县医院说检查不出到底有多高的度数，更没法配合适的眼镜。

于是，曼老三决定将儿子带到合肥去，当时医生检查了曼陀铃的视力后，将曼老三狠狠地教育了一顿，盘问起曼老三儿子的眼睛是怎么搞的，是先天性的还是后天性的，为什么拖到现在才来配眼镜，难道不知道近视不戴眼镜，在发育阶段会发展得很严重吗？曼老三自责着，如实地告诉着医生，说是他 9 岁时有一次被雷管爆竹伤着的，不是先天性的，说要不是儿子坐在第一排都看不清楚黑板，还不知道有这么严重。那天看着父亲疲惫的背影，曼陀铃自责万分，如果没有自己，如果自己小时候没有那么调皮，自己的视力也不会这么差，父亲也就不用这么累，更不用被医生责备。

清晨，曼陀铃起床后，第一件事情是将自己的眼镜仔细地检查了一番，还好，只是左边的镜片开裂了，应该勉强还能用，曼陀铃想。早自习以及上午的课上，曼陀铃就勉强用着摔坏的眼镜，只是左眼看东西时候总是昏花的，很多东西被分裂成了两半，或出现了重叠的两个，时间一长，就很明显地感觉不适了，感觉眼睛干干的，再用一段时间，就有一种眼睛被撕裂的痛感。

曼陀铃知道，必须得重新换镜片才行。中午，他饭也没吃，就直接打了个三轮车去了县医院。可是，医生得下午两点半才上班。到了上班时间，医生对曼陀铃的视力进行了检查，结果是左眼 1900 度，右眼 2200 度，左眼光感尚存、右眼光感微弱。医生问曼陀铃怎么一个人过来看，家长在哪里。曼陀铃告诉医生，自己在一中读高三，父母都在农村，马上要高考，就一个人来了医院。

医生听完曼陀铃的话，惊讶地看着曼陀铃，说："什么?！你还在读书！你这视力能读书吗？就算你成绩再好，就算你考上了清华北大，也没哪个大学愿录取你啊！"医生说到这里，写起病历本来，嘴里仍然在说，"我说，同学啊，你的眼睛十分危险，知道不知道啊？稍微不注意，弄不好就会失明，剧烈运动碰都不能碰，尽可能少用眼，尽可能不要接触强光，只要不失明，你这辈子都要谢天谢地了……"

曼陀铃走出医院大门，阳光向他猛扑过来，他眼前一片漆黑，差点晕过去。他踉踉跄跄地摸了回去，靠在墙上。他感觉自己眼睛里有乱七八糟的东西，好像塞满了稻壳。他刚滴过眼药水的瞳孔尚处于扩散状态，受不了强光的刺激。

曼陀铃靠在墙上，像盲人一样不能走动。他闭着眼，心想：即使考上了大学，也没有哪个大学愿意录取，那这么勤奋这干什么呢！还不如就这么离开学校！不，如果就这么离开了学校，就这么不辞而别，那童思宇怎么办？她还有心情参加高考吗？假如有一天真瞎了，该怎么办，去死？还是去拖累别人？如果去死家人怎么办？可我实在不想死，我才 19 岁呢，还没有尝到应有的生活。可我又能干些什么呢？曼陀铃一次一次问自己，他不知道。他又一次次逼问自己为什么要活呢，对一个已被宣判为残疾的人来说，活着又有什么意义。

此刻，曼陀铃真想怒叱上苍，可是这里人声太闹，就是骂，上苍也未必听得见。他忽然觉得自己不能再在这靠着，他不想听见来往的人指着他说这个人是不是盲人。他从口袋里摸出那个厚厚的沉沉的眼镜架在鼻梁上，然后缓缓地睁开，光线又猛地向他扑了过来，他再一次靠在墙上。他将右手举到眼上，遮挡着毒辣的光线。他又恐惧又担心，跌跌撞撞地走出了医院大门。

曼陀铃摸索着躲进了路边的 IC 卡电话亭里，面朝机盘，双眼紧闭着。“叮叮叮”几声清脆的铃声从外面传了过来。那是算命先生的铜铃，他告诉自己。然后，他睁开眼睛，电话架下的光线不是很强，他循声望去，这是一个 30 多岁的中年男人，正在用棍子探着过马路，朝这边摸来。

曼陀铃吃力地撑开眼皮，跑到了算命先生的跟前，准备开口跟算命先生说话，问先生自己为什么不去死，但他问不出口。他又沮丧地躲进了电话亭里，他警告自己不允许有死的念头，必须好好地活着，坚强地活着。这个世界上，至少还有父母，还有他热爱的文学，他告诉自己。

不如在高考的时候写首诗歌，打动阅卷老师，说不定作文还能得满分呢，这样电视、报纸就会关注自己，一关注可能就会有学校录取，说不定还能录上哪所大学的中文系……媒体的力量特别大，邓立明要不是因为上了报纸，被专家学者关注了，说不定现在还在牢房里呢……曼陀铃就这么漫无目的地想着。

曼陀铃晚自习前回到教室后，童思宇跑过来，急切地问："哎，你下午不上课，哪去了？也不跟人家说一声，你知道我多么担心嘛？"然后童思宇打量曼陀铃起来，问，"你的眼镜好好的，怎么突然换啦？"

曼陀铃脸上勉强地堆上笑容，说："那个眼镜还是初中配的，现在脑门长大了，戴着有点不舒服，下午就去重配了一副。"

童思宇责怪曼陀铃："那也不告诉我一声，抽时间一起去，不行吗？"

曼陀铃不想让童思宇为自己担心，更不想让童思宇看到自己的内心，就仍然堆着笑容说："没事，怕耽搁你学习。"曼陀铃又说："很快就要高考了，看看还有哪个类型的题目遇到难处了，我好帮你把把关，不要有压力，大不了一起来复读。"

童思宇抿起嘴唇，点点头，眼眶红了起来，那一定是感动的。

一天，在校园的路上，曼陀铃遇到了高霖雨，高霖雨好像在等着谁似的。曼陀铃走上前去打招呼："在等谁啊？"

"等你！"高霖雨斩钉截铁地说。

曼陀铃："开玩笑吧。"

高霖雨一副严肃的表情，说："我跟你开过玩笑吗？"然后说："我们是在这儿站着聊呢，还是去找个地方坐下来聊？"高霖雨见曼陀铃没正面回答，就继续说："其实，也没什么大不了的事情。我就想问问，如果没考上来复读不？如果你来我就来，不管我考上没考上。"

曼陀铃："到时候再说吧。"

高霖雨继续问："最近你是不是发生了什么事情，感觉你神秘兮兮的，怪怪的，朝童思宇的笑也是装出来的，不是吗？"

曼陀铃:“没发生什么事情，一切都好好的，可能是马上高考了，神经绷得有点紧。”

高霖雨:“没有就好。你的成绩还不错，就是外语差得要命，不过考个本科还是很有可能的。好好考，不要气馁，说不定我们会考进同一所大学呢。”

7 月，7 月的天空晴朗灿烂，7 月的天空霹雳作响。

高考之后，曼老三怕儿子的视力影响学校录取，即使家里条件再困难，也得带他去好好地检查一下。曼老三通过多方打听，得知上海复旦大学附属医院的眼科在全国排名靠前，便决定隔天启程。从未来过上海的曼老三，经过几次折腾后，终于找到了目的地，曼老三给儿子挂了个眼科专家号，这次满头银发的专家没有批评和责备曼老三，而是说，现在的近视增长率太快了，而且年龄越来越小，度数越来越高。

听医生这么一说，曼老三的心情也就没那么沉重，很客气地问专家：“专家，我想个问题，我儿子今年刚高考完，如果够了分数，但近视严重的话，不会没有学校录取吧？”

专家将自己的眼镜往鼻梁上推了推，眼睛瞪得大大的，很郑重地对曼老三说:“你这是什么话！谁说近视度数高就不能上大学啦？只有极少数院校有这个要求，比如警校之类的……”

父亲如释重负一般，脸上堆满笑容说:“那就好，那就好。”

听到这慈祥的满头银发的专家这么一说，曼陀铃如临五雷轰顶，心里一下子像被塞了一块大大的石头。曼陀铃打了个寒战，心想如果那位县医院的医生在面前，自己踹死他都不解恨，是他误导了自己，打击了自己，在自己人生最最关键的时候带给自己无限的黑暗。否则，自己就不会在高考试卷上写诗歌了，考个本科也不会有问题，现在就说不好了。

7 月底的一天，新闻上公布了安徽的录取分数线：理科本科线为 482 分，重点线为 534 分；文科本科线为 493 分，重点线为 521 分。也正是这天半夜，一阵急促的电话铃声吵醒了曼陀铃全家。

曼老三在隔壁喊着，叫曼陀铃过来接听电话。曼陀铃光着脚，跑去曼老三的房间，拿起话筒，电话的另一头传来："喂，我是江心洲啊，你查了分数吗？我已经查了，没上本科线。"江心洲说完便挂断了电话。

曼陀铃拨了好多次高考分数查询电话，终于通了，他紧张地听着话筒里传来的声音：姓名曼陀铃，语文 76 分，数学 132 分，理综 211 分，外语 58 分，总计 477 分。曼陀铃僵硬地举着话筒，入耳全是哀怨的嘟嘟声，离本科线就差两分，他的眼睛模糊了。此刻，曼陀铃很想提把刀子，去到县医院，将那名眼科医生碎尸万段。

曼陀铃回到房间，趴在写字台上，心里一阵绝望，终于无路可走了。曼陀铃恨自己听了县医院医生的话，恨自己做这么大决定之前没跟老师商量商量，恨自己该死，不该在试卷上写诗歌，可一切都已尘埃落定，世间无后悔药！

世界死沉沉一片，如墓穴一般。父母走了进来，来到写字台前，伤心地看着痛不欲生的儿子。

"睡去吧，很多人都没上大学，不也过得好好的！"曼陀铃母亲哽咽着说，她的眼泪如雨水，打落在大地。

曼陀铃跪到父母的跟前，泪水刷刷地淌着："爸妈，儿子没能争气……"

大地沉睡在泪泡的夜里。

夏虫并没歇息！

第 16 章

曼陀铃在上海做通厕“老板”

在高考分数出来后的一段时间里，曼老三出去干农活总是要将儿子带着，生怕儿子做出什么傻事情来。曼陀铃扛着锄头或挑着箩筐，跟在曼老三的身后，邻里乡亲遇到总少不了要问上一句“陀铃考上了吧”，曼老三总是一带而过地回应“现在还不知道呢”。

7 月末的田地里，棉树一排排地整齐地列着队，绿油油的叶子向上生长，白色的棉花花纯洁地绽放。一条条田埂，一条条土路，将这一望无际的棉田、稻田、村庄、山林、河流，隔成一个个的小块。天空中白色的云朵，如一簇簇白色的羊毛，湛蓝的天空上偶尔会出现白色的长线，那是飞机划过的轨迹。

曼老三告诉儿子说，棉花花一般是夜里开，清晨看到的都是白色的花瓣，到了晚上，花都会变成红色。这个时候谁家的棉花种得好，谁家的棉花种得差，已经能看出一二了，农民都很好脸面，当看着自家的棉花长势不如人家时，心里的滋味很不好受。接下来，棉花不能缺了营养，也不能有虫害，还得保持地里面有充足的水分，如果花变不成棉桃就等于白开了……

融入自然，融入大地，曼陀铃感觉轻松了很多，单纯，没有烦恼。蹲在棉树的垄间，用手一把一把地将棉地里的草连根拔起，再用箩筐收集起来，担回去当作牛晚上的粮食。开始几天，曼陀铃感觉颇有成就感，跟曼老三说："要不，就在家里种庄稼也好。"曼老三说，你再做几天看看，种庄稼哪来的钱，哪个肯嫁个你？

没过几天，曼陀铃的手掌心里长了不少水疱，手掌捏拳头都痛，但自己忍着，没敢让母亲看到。否则，曼老三一定会被妻子骂得狗血喷头。曼老三应该是看出了儿子难以承受，说："我这有手套，你戴着，草就割不到手。"再后来，曼陀铃发现自己的腰也僵硬了，直起来的时候，总是一阵阵的酸疼。

很快，绿油油的棉树、洁白的棉花花，不再像前阵子那样美丽了。当曼陀铃再次仰望天空，看着飞机划过的痕迹时心想，自己什么时候能飞走飞高。曼老三应该是看出了儿子的心思，一起坐在田埂上休息喝茶水时，跟儿子说："读书有读书的难处，老百姓有老百姓的难处，天上没有掉下的馅饼……"

很快，填写志愿的日子到了，曼陀铃只约了江心洲在校门口见。临行前，曼老三还特别强调：考虑到儿子的眼睛，继续复读怕是吃不消，如果他能走一个好点的专科，他们做父母的也更支持。

下午当曼陀铃和江心洲到教室时，没有遇到童思宇和童思斯，也没有遇到高霖雨。童思宇和高霖雨都达到了本科分数线，至于能不能被自己想去的师范院校录取还不能确定。曼陀铃看见平时比自己成绩不知道差多少的同学，成群结队在教室里有说有笑地神侃着，心里很不是滋味。一问才知道，这两天填报的主要是本科志愿，专科志愿也可以填报，待本科录取完后还可以补报一次。曼陀铃将所有省内师范院校的中文专业都往本科志愿里填着。专科院校中没有什么像样的大学，也没有他感兴趣的专业，所以他就没有填报。江心洲照着曼陀铃的志愿表抄写了一篇，就一起交了上去。

走出校园大门后，曼陀铃跟江心洲商量着，说这里压根不是人待的地方，要不就打工去。江心洲说他也正有此意，说他的一个亲戚在上海建筑工地上干扎钢筋的活。曼陀铃说要不就一起扎钢筋去。曼陀铃说这话时候，都不清楚扎钢筋到底是什么样的活儿，他问江心洲清楚不。江心洲说也不清楚，只是听亲戚说不累，男女老少都可以干的。于是，曼陀铃和江心洲就这么决定了，一起去上海建筑工地扎钢筋，并约定就这两三天启程。

曼陀铃回家之前，一个人直奔县医院，跑到眼科医务室，试图找到一个多月前给自己配眼镜的那名眼科医生。等那个医生跟一名患者讲完后，曼陀铃问他："你还认识我吗？" 医生打量起曼陀铃来，说："你找错人了吧，有事情吗？" 曼陀铃语气强硬地说："你真的不认识我吗？" 医生眼睛瞪得大大的，说："你找错人了，我不认识你。" 曼陀铃冷静了片刻，心想不能错怪了好人，就说："一个多月前，是你给我配的眼镜吗？是你说我近视度数高，没有哪个学校肯录取，是你说的吗？" 医生一脸无辜的表情，说："谁说近视度数高就不能被高校录取啦？说这话的人不折寿吗？我能说这样话吗？" 曼陀铃扶了扶镜框，仔细打量着这名白褂子医生来，回忆着，大脑里模糊一片，自己也分辨不清楚一个多月前的那名眼科医生长什么样子。曼陀铃无奈地摇了摇头，像一名打了败仗的士兵，狼狈不堪地离开了医院。

晚上吃饭时，当曼陀铃将要去上海打工的事情说给母亲听，曼陀铃母亲端在手中的饭碗摔落在地，发出“噹啷”一声巨响。曼陀铃母亲好一会儿才缓过神来，问儿子：“说什么，去上海，书不读了？”曼陀铃撒谎跟母亲说一个同学的父亲在上海开小卖铺，自己和同学暑假过去帮着看看店，不累，正好去见识见识下外面世界。曼陀铃母亲听儿子这么一说，也就放心了很多，面色也舒缓了。

第二天白天趁父母不在家时，曼陀铃跟江心洲通上了电话，约定明天出发，并在电话中对上了口径，以防父亲曼老三坚持要送到车站去。这一夜，曼陀铃彻夜未眠，在猜去上海之后会是怎么样的一番情形，建筑工地扎钢筋到底会是什么样的一门活儿，如果干不了又该何去何从。

这一夜，曼陀铃的母亲也是彻夜未眠，曼老三就一直开导妻子，说儿子长大了，迟早都得飞走，趁早出去见见世面也不是什么坏事情。曼陀铃母亲说丈夫心狠，也不想想儿子没有出过远门，要是在外面吃不饱或待不习惯怎么办，自己就这么一个孩子，儿子的命比自己的命金贵很多。曼老三又开导妻子说儿子打小就聪明，高考肯定是没发挥好，这人生的路还长着，做父母的总有老的一天，不能一直扶着让儿子走路，趁自己还没老，如果儿子摔跤了还能扶一把拉一把，要是等自己老了，儿子再摔跤，就连扶一把的气力都没有……

汽车经过十来个小时的跋涉，终于到了上海。车子一路有客人到站，每一次司机都会大声地提醒着乘客。当司机在喊“上海龙华的这里下车”

时，曼陀铃摇醒了正在酣睡的江心洲。曼陀铃和江心洲刚一下车，一个戴墨镜的穿着黑色T恤的矮个子中年男人，推着个摩托车走了过来，并喊着江心洲的名字。江心洲对曼陀铃介绍说这就是自己的表兄，在上海做包工头，手下有几十号工人。他又将曼陀铃介绍给了自己的表兄。江心洲表兄告诉曼陀铃说以后叫就自己陈哥就行，也不用客气。然后，陈哥叫江心洲上自己的摩托车，又招呼了一辆路边摩的叫曼陀铃坐上。

两辆摩托车，一前一后，穿过了一条又一条的马路，一条又一条的巷子，最后在一个工地的铁皮板房门口停了下来。陈哥给了摩的费用后，将曼陀铃和江心洲做了一番安排，说这里是工地环境简陋，吃的是大锅饭，住的是大地板，冲凉的冷水用不完，衣服毛巾随便放，开工了跟着师傅干，收工了扑克麻将自己玩。

当曼陀铃听着陈哥的顺口溜时，一时还反应不过来，心想反正跟着适应就好。不过很快，曼陀铃就理解了陈哥的顺口溜。曼陀铃和江心洲光着身子，跟一群壮汉工友站在同一个板房里冲凉时，感觉很不自在，同事们就总是笑话这两个刚从校园走出的农民工，笑话他们是不是毛没长齐啊，有什么好害羞的。晚餐一过，工友们将房间地上的凉席一摊开，打麻将的打麻将，打扑克的打扑克，吹牛的吹牛。半夜里大伙酣畅的鼾声，此起彼伏，相互交织，演绎着叫人无法入眠的“乐章”。

曼陀铃也清楚了建筑工地扎钢筋是怎么一回事情了，每天早上7点趁太阳还很温柔时，爬上只是铺排了双层钢筋的屋顶，将钢筋相交处用一根细铁丝固定起来，以防浇灌混凝土时滑动。扎钢筋确实是男女老少都能干的活，工具很简单，一把能转动的钳子，拦腰夹住细铁丝，然后手臂一摇就可以了。但10点过后，顶着40度左右的太阳，趴在钢筋网上，人就像热锅上的蚂蚁。没几天，曼陀铃和江心洲就双双中暑，陈哥说刚上工地中暑肯定难免，于是叫休息两天。

中暑未愈，曼陀铃对江心洲说，又没干事情，在这吃陈哥住陈哥的，也不是个事，再去扎钢筋估计又得中暑。江心洲说，那可咋办，总不可能刚出来，路费都没赚到就灰头土脸地回去吧。曼陀铃说男人志在四方，既然出来了肯定不会回去。曼陀铃和江心洲盘算着，自己到底能做些什么，除了像扎钢筋这样的动不动就中暑的活儿外，想来想去也想不到更加合适的，于是又只能继续爬上钢筋网，继续着扎钢筋的活儿。

不久的一天，陈哥将曼陀铃和江心洲从钢筋网上喊下来，说自己住的房间的下水道堵住了，叫了师傅去通，自己没有时间在家看，师傅一会来接。曼陀铃和江心洲坐上了师傅的摩托车，没多久，就在一座年久失修的 7 层高的楼房门口停了下来，楼房的外墙壁贴满了通厕、开锁、会所招聘等大小不一的广告。在四楼，江心洲拿着陈哥给的钥匙，打开了房门。去到卫生间，只见卫生间蹲厕池里的大便浮在水面，发出令人恶心的臭味，两个走出校园的农民工捂着鼻子，看着师傅娴熟地打开工具箱，从箱子里拿出一圈粗铁丝样的东西，一直往便池里塞去，实在塞不进去时，就摇动铁丝一头的摇柄，摇柄无论怎么摇，便池就是通不了。师傅似乎自言自语说：“是管子堵住喽。”于是师傅从工具箱中取出一个小匕首和锤子，用锤子木柄在白色管子上敲来敲去，最后在管子上选了一个位置开了一拇指大小的孔，将便池的铁丝抽出来往小孔里塞去，不一会儿，“呼噜”一声便池里的东西溜走了，师傅抽出铁丝再从工具箱中取出一小片白色膏药贴样的东西封住管孔……

当曼陀铃目睹着陈哥抽了一张 50 元的面钞给通厕所的师傅时，曼陀铃心想这钱赚得也太快了，人家一个小时就赚 50 元，自己一天在钢筋网上趴上 10 个小时才 80 元。私下里，只有曼陀铃和江心洲时，他们就谈论就通厕所的事情来，工具的成本应该要不了 100 元，再印刷些墙贴广告，应该还是有钱赚，于是这两位校园里出来的农民工就这么决定要通厕所去。

一连两天吃过晚饭后，曼陀铃和江心洲都去龙华转悠，他们好不容易找到一间月租 100 元的民房作为栖身之地。住处楼下有间小卖铺，守铺的大伯看上去满脸慈祥，框着副老花眼镜，报纸不离手。曼陀铃向大伯说明来意，希望能借用店里的座机，凡是成了一单给 5 元报酬。对于这报酬不菲的举手之劳，店大伯很爽快就同意了。

当天晚上，江心洲跟陈哥说身体实在吃不消，正好曼陀铃有个亲戚在龙华开小卖铺，叫去看看店。陈哥说既然这样也好，说明早叫人送他们过去，曼陀铃说亲戚一早来接。于是就这样，第二天一早，曼陀铃和江心洲离开了陈哥的工地。

曼陀铃和江心洲从五金店里买来了通厕的简单工具，然后往龙华大街小巷的墙壁上粘贴自己的“通厕”广告，店大伯不亦乐乎地接听着客户的电话，再通知这两位年轻的创业者。就这样，这两位年轻的创业者，生意越来越红火，每天干活的时间越来越长。

直到一天晚上，店大伯喊住收工回来的两位年轻创业者，说店里有位客人在等他们。江心洲问客户明天去弄行不。客户一脸焦急的神情，说厕所弄不通，一家大小没法上厕所啊，没法过夜啊，说就在后面不远的地方，走路就能到。两位年轻创业者跟在客户身后，穿过了好几个小巷子，到一个小树林附近时，客户放慢了脚步，嘴里大声地唱起了《上海滩》的主题曲。

忽然，小树林里冲出几黑影，上来二话不说捂住了这两位年轻创业者的嘴巴，径直往小树林里拖去。曼陀铃知道上了当，一把将眼镜抓在手掌心里。一阵拳打脚踢，很快让这两位年轻创业者动弹不得。那个人临走前，气势汹汹地说：“从今以后，再敢在龙华揽活，老子要你们尸沉黄浦江。”

夜半，当曼陀铃睁开双眼时，感觉脑袋、腹部、腰椎、大腿隐隐作痛，他本能地喊了声同伴的名字，江心洲没有应答。曼陀铃猛地惊醒过来，发现自己侧卧在草地，草地上散发着血腥味，他试图伸出手去寻找眼镜，发现眼镜正握在手中，他由衷地庆幸着。

曼陀铃戴上眼镜，在草地上爬起来，嘴里不停地喊着同伴的名字。江心洲仍然没有应答。曼陀铃似乎看见不远处有堆黑东西，他本能地扑了过去，这是江心洲的身体。曼陀铃一把抱住江心洲的身体，使劲地摇晃着，大声喊着：“兄弟，我的兄弟，你不能死啊。”

好一阵子，江心洲才醒来，说了句：“这帮浑蛋，真是心狠手辣啊，都差点要了我的命啊。”曼陀铃感叹说真没想到，连通厕所的工作都要拿命来搏。这夜，两位年轻创业者没有回到那100元月租的宿舍，而是躺在和散发着血腥味的草地上，聊着天，谈着未来。他们盘算了下，这半个月，虽然辛苦，但也差不多赚了3000多块。然后两人开玩笑说值得了，在大上海留下了奋斗的痕迹，为上海的强大添砖加瓦了，上海人民应该感谢才对……

第 17 章

自己的身体是母亲的骨肉

曼陀铃和江心洲脱下了创业者的外衣，静心在上海的出租房内养伤，店大伯得知后总是少不了嘘寒问暖。养病期间，曼陀铃时不时跟江心洲说“这年头连通厕，都要拿命搏”，在说这话时候，他其实在想自己的未来在哪里，接下来何去何从。江心洲说过一天算一天吧，天有不测风云，人有旦夕祸福。当江心洲听说曼陀铃高考语文写的是一首诗歌时，不禁破口大骂：“真是活腻了。”他出主意说：“还能联系上县长女儿不？”曼陀铃说：“她出国去了。”江心洲问：“那县长大人呢？”曼陀铃说：“很难。”然后曼陀铃想起了孙倩。

这天晚上，曼陀铃去了店大伯那里，拨起了孙倩家的电话号码，但是始终无人接听。店大伯提醒说，可能没人在家吧，过会儿再打，晚点没关系，我跟你一起等，年纪大了太早睡不着。过了好一会儿，店大伯家的电话响了，店大伯欣喜地看着曼陀铃，叫他快接起来。在电话中，孙倩问谁在打电话给她。曼陀铃说出了自己的姓名，说自己来了上海，高考不理想，语文只有76分，不知道是不是阅卷老师加错分数了，不知道能不能想办法查下。孙倩说尽量想办法，还告诉曼陀铃说夏耘考取了英国一所公立大学，暑假没有回来。曼陀铃说谢谢孙姐，祝福夏耘在英国过得开心快乐、早日学成归来。

他们脸上的肿块尚未消散，店大伯又敲响了房门，进来说带了位客人过来。这客人正是陈哥，陈哥进门二话没说就是一顿劈头盖脸的批评，说要不是他刊登了寻人启事，两人被人扔去黄浦江喂鱼都没人知道。

五天后，曼陀铃和江心洲脸上的肿块彻底消散了，陈哥叫上他的一名工人，骑着摩托车，一前一后，将这两名走出校园的农民工送去了车站。上车前，陈哥叮嘱：回去还是要继续读书，你们不是农民工的坯子，那些通厕所的脏活更不能做，做了会被人笑话，以后做人更抬不起头，直不起腰板。

这依然是一个夏天的夜晚，这依然是一条长长的河坝，河坝的一面依然是无垠的稻田，河坝的另一面依然是清澈的河流，河流的上面依然每隔一段路就有一座通往村庄的石板桥。曼陀铃依然像走在梦中，依稀还记得自己五岁时迷路的那夜，那天夜里自己感觉行走的方向跟想去的方向一致，可事实恰恰相反，那夜母亲因找到了自己高兴得无法自控而失声痛哭。

曼陀铃背着行囊，深一脚浅一脚地走着，望着那黑压压的村庄，以及村庄后面黑压压的山林，还有村庄里零星的透过门窗的灯火。此刻，曼陀铃似乎看到了母亲，母亲正坐在桌旁，焦急地等待着，不时站到大门外面的路上四处张望。田地里，青蛙正“呱呱”地叫着，似乎在召唤着亲人的归来。

当曼陀铃快要走进家门口时，他告诉自己，一定要镇定，一定要告诉母亲自己在外面没有受罪，一定不能让母亲伤心，因为自己的身体是母亲的血肉。但当曼陀铃看见家里堂屋的灯还亮着，大门还敞开着时，鼻尖还是控制不住地酸了。曼陀铃在门口打了打精神，大声地喊了声："妈，我回来了！"堂屋里的脚步声随即响起。曼陀铃母亲跑到门口，大声地说："儿子，是你回来了吗？"曼陀铃朝母亲走去，说："妈，我回来了。"母亲帮儿子卸下背上的行囊，低声说："儿子，回来就好。"然后呜呜呜地失声痛哭起来。

曼老三见儿子走了进来，扔下手中的烟头，起身走到儿子跟前，说了声："儿子，你可回来了。"然后伸手取消儿子鼻梁上的眼镜，一个巴掌向风一样朝儿子脸上扇去。自打曼陀铃小学三年级后，父母亲就没再施加过"刑罚"，之后一直对他很包容，父亲的这一巴掌，让曼陀铃感觉畅快淋漓，打落了自己心头的那块沉重重的石头，打消了自己无处释放的对父母的愧疚。

曼老三又点燃一支香烟，坐到桌旁，对着儿子说："儿子，你心真狠啊，你撒手一走，就连一点音信都不肯让我们晓得，你要是死在外面，我们到哪里去找啊！"曼老三的头缓缓地摇了摇，张开手掌抹了一把布满皱纹的眼角，那是在擦拭浓浓的泪滴。多少年来，不论如何风吹雨打，不论如何雷电交加，这个步入中年的男人都不曾流一滴眼泪，都总是对儿子说"儿子，别怕，有爸在"。如今，这位男人似乎浑身都是伤疤，这个男人用刚毅的目光盯着儿子，又用刚毅的语气对着儿子说："你知道，你妈，这 20 多天，是怎么过的吗？你去看看，你去看看你妈的头发，白了多少！

你再去看看，去看看你妈的眼睛，整夜整夜地为你哭着，红肿得都快发炎了！就是畜生，就是猪狗，抛弃了父母，也会回头来看看，而你呢，儿子？”

曼陀铃走到一直愣站在堂屋中间、只顾一直呜呜地哭着的母亲跟前，展开双臂抱住母亲，想数清楚母亲头上到底有多少白发，但自己眼睛里浓浓的泪水模糊了一切，嘴里不停地重复着：“妈，儿子不孝，您打我吧。”曼陀铃母亲强忍住了泪水，嘴不停地抽搐着，说：“妈舍不得打，你是妈的骨肉……”。

第二天一早，曼老三就在堂屋喊儿子起床，说一起去给棉花施肥。当曼陀铃起床后，来到堂屋时，看到父亲正在将白色、褐色、红色的肥料倒在地上，用锄头掺和着。曼老三告诉儿子，赶快洗漱后过来帮忙。父子两人，一人扯直袋口，一人用竹簸箕装着肥料往袋子里灌，很快地上的肥料被装成了四个半袋。父子一人一担，往棉花地里运去。

当曼陀铃再次来到棉花地时，棉树已经长了好大一截，棉树底层的枝丫上挂着一个个壮实的棉花桃子，只有棉花树顶的花儿还在开着。曼老三将肥料卸在自家棉花地埂上，望着自己一手栽培的棉树，很是自豪地对儿子说：“你看，我家的棉花长得好吧，都是我和你妈打理得好。”然后，曼老三又望着别处的棉花地，带着惋惜的语气继续说：“你看，那个棉花种的，到现在连棉花桃子都没结……”

接下来几天，曼陀铃一家三口更多的时候都是待在一起，一起出去干活，一起回家，一起吃饭，一起谈心。在田地里劳作期间，曼陀铃母亲总是每隔个把小时就喊上儿子和丈夫一道休息，然后一家人就坐在田埂上，喝着绿豆汤，吃着芝麻粉，曼陀铃母亲少不了对儿子说，这些都是清凉的东西，叫儿子要多吃，还少不了心疼儿子，说他出去才待 20 多天就被晒成了黑锅铁。

这时，曼老三就会打听一些儿子读书的情况，问儿子咋想的，并重申自己和妻子的看法是能被录取就可以，哪怕读个专科也可以，说再过几年学历这东西也不一定值几个钱，被录取了就不会有这么大压力，眼睛也不会过于疲劳。

曼陀铃回答父亲说还是想复读一年，自己不甘心考得这么少。曼老三问儿子语文为什么只考了那么一点分数。曼陀铃如实说作文写诗歌了，然后将 6 月底眼镜摔碎了的事情告诉了曼老三。曼老三顿时很是气愤，问那个医生在哪儿。曼陀铃又如实说自己去医院找过了，但是已经记不得是哪个医生了。于是，曼老三只能长长地哀叹着，说也怪自己，考前也想到过视力不好影不影响高考录取的事情，但是又不知道去问谁，就没当回事。

曼陀铃母亲得知儿子高考失败的真相后，不禁批评起来："高考这规矩就没立好，就该留些名额，给没发挥正常的再考一次，天底下哪有一棍子打死的买卖！哪怕留一个名额，给我儿子去考，也不至于今天……"

曼陀铃听着母亲的这话，陷入了沉思，如果不用考英语，说不定自己真能考到清华北大那里，真能去研究红箭炸弹，唉，只可惜了生不逢时。

8 月 30 日，这还是一个没有月亮的晚上，蒙蒙天宇之中只有几颗特别耀眼的星星。夏虫却没有因天色而消沉，仍在练着嗓子，自信总有一天会吟出绝美的曲调。

这夜，曼陀铃做了一个梦，梦见自己手持鲜红的录取通知书，站在一个陌生的城市里，还没来得及看清校园大门上熠熠生辉的金字，梦就醒了，被床头闹钟给叫醒的。

这个清晨，天空的东边刚刚泛出几缕乳白色的光丝。曼老三肩上扁担的一头是被褥、一头是灰色塑料酒箱。曼陀铃拎着装满书本的黄色帆布酒包，往大门外走去。村庄漆黑一团。渐渐地，眼前出现了一些左邻右舍的房屋，曼陀铃总觉得是房子在离自己远去，而不是自己离房子远去。一切是那么的陌生，是那么的模糊。大地还在沉睡，静寂得让人觉得世界上只有两双脚在走动。

走到村口，眼前呈现的是另一景象：东方的天空似有鱼肚在泛白，青青的稻苗映在池塘里，一条四米来宽的塘坝延伸到山林前面。这林里埋葬着林家村的故人，每逢春节和清明，这里沸腾一片。曼老三每次带儿子来祭祖时，总是少不了求愿——都说您老人家爱管家运，我就给您老人家敬上几盅，您老人家可要保佑保佑我儿子，保他一帆风顺……

山林的前面是一条宽阔的大路，这条大路跟河坝一样，串联起了一座又一座的村庄。每天早上这里会有开往县城的车辆经过，附近村落的村民要去县城，在村口等待就行。曼老三将扁担卸在地上，一再叮嘱儿子："去了学校真要懂事才行！要是明年又有什么闪失，就要被人笑死。叫你填个专科就去读算了，你就是听不进去，你看人家曼玉不也填得好好的，你呢？复习一年又要花不少钱，不光是一年的学费。早进一年不也就早出一年，里外里要摊上万。"曼老三的话音变得越来越沉，好像凝固在空气之中。

曼陀铃能体会到此刻父亲的心情，自己这么一走，留下父母面对相亲邻里，对很爱脸面的父亲来说，每一次乡亲对他们好意的打听都是一次揪心的折磨。天空的东边，一大片白色的似乎蕴藏着万丈光芒的东西，正在挣脱地平线的缠绕，曼陀铃听见了远处车子鸣笛的声音，他心想过不了一会儿应该就有车子从这经过。曼陀铃对父亲说：“爸，先回去吧，我自己能行。”

曼老三向东面望望天色，竖起耳朵听了听车子的鸣笛，似乎在思考着什么，似乎有什么话想对儿子说，但是又没有说出口。他看了看地上儿子的行李，问儿子自己能行吗。曼陀铃说能行。曼老三说棉花还要打农药。曼陀铃叫父亲放心回去。曼老三将扁担抽了出来，扛在肩上，临走时对儿子说了句：“儿子，你也不小了，19 岁了，村子里年纪相仿的很多都结婚了，我们这么大的很多都做爷爷了，任务完成了，你也要懂事啊……”

曼陀铃看着父亲离去的背景，走路时双腿一晃一晃的，似乎大地在旋转。很快，这个背影消失在了山林之中。曼陀铃又想起了三年前，三年前，同样是 9 月 1 日，同样是很早很早的早晨，同样是那条扁担，担着差不多同样的行李，不同的是，父亲的脚步没有现在这么蹒跚，父亲眼角的皱纹没有现在的密集。此刻，曼陀铃陷入了无限的沉思，耳畔不停回响着父母这几天说的每一句。

第18章

相遇在不该相遇的高四

一中理补班教室安排在毕业班的一楼，新学期开学第一天，教室里乱乱的，桌位摆得密密麻麻，已经严重超过了标准教学班的人数配置，绝大多数来复读的人都是一中的老面孔。当曼陀铃迈着沉重的步子走进教室时，一时还真不知道往哪里坐，他在教室里看来看去，希望能找到童思宇的面孔。

“曼陀铃，这来坐”，高霖雨正举起右手朝曼陀铃招呼着。曼陀铃循声望去，忽然，眼睛里闪过一张熟悉的面孔，他想了片刻，好像是金晶晶，他本能地回避着，心想一定是看走了眼，于是低着头走到高霖雨正前排的座位上。高霖雨说，没想到座位这么紧缺，要不是她留着，早就被人抢占了。曼陀铃对高霖雨说谢谢。高霖雨说这年头“谢谢”不值钱，得请客。

高霖雨说自已只填报了省师大，到现在还没收到录取通知书，估计是无望了。曼陀铃本能地想起了毕业前高霖雨曾单独说过的“如果你来我就来，不管我考上没考上”，心里有点不是滋味。高霖雨说暑假里本想将性格好好改改，不要口无遮拦、直来直往，不要去钓鱼，不要吃糖果，开始几天还行，再一久实在受不了，就自己问自己，这些都改掉了还是自己吗，何必难为自己呢，自己都不喜欢自己，别人怎么会喜欢呢？然后想通了，所以还是要做原来的自己。

高霖雨问曼陀铃去上海玩得怎么样。曼陀铃问高霖雨怎么知道自己去上海了,这是秘密。高霖雨又问童思宇是不是考走了。曼陀铃说不清楚。高霖雨问曼陀铃为什么不联系童思宇。曼陀铃说考得那么差,没脸面联系。高霖雨说看来他被高考打击得很惨重。曼陀铃说现在只想考大学，尽快逃离这比监狱还禁锢人的地方。高霖雨说曼陀铃本来就没有谈过恋爱……

当江心洲坐上曼陀铃旁边的课桌时，悄悄地跟曼陀铃说：“一直有个女生往这看”。曼陀铃顺着江心洲所指方向看去时，目光似乎被一股强有力的东西拉了过去，这是金晶晶的目光，四道强光只做了短促的交汇，便各自闪退。

“怎么是她？不会吧！怎么突然出现在这里？”曼陀铃心里有很多疑问。没一会儿，曼陀铃几乎无法自控地偷瞟着：她右臂支在桌面，手掌托着她白里透红的脸蛋，面朝自己，静静地坐着。曼陀铃的目光被逮个正着，于是两人目光又一次相撞，差点火星四溅。她目光如火，烧得曼陀铃满脸通红，血管都快要破裂，两耳发赤，额前沁出汗珠。曼陀铃仍然怀疑自己的眼睛，默默自语：难道是老天在耍弄自己，难道是在青天白日里做梦？

她就是金晶晶，曼陀铃小学的同桌，初中同校不同班，曼陀铃欣赏过、暗恋过、追求过的女孩。她给他的童年留下了美好的回忆，小学五年级时，她经常跟曼陀铃一起玩“官打聋捉贼”的游戏，那时起，曼陀铃对她就有了懵懂的感觉。她同曼陀铃最后一次见面是在高二那年的“五一”,那天，在场的还有陈怀均，还有她姐。那天，曼陀铃告诉她要帮她学好物理和数学，她同曼陀铃偎依在一起，她被她姐姐痛骂着。那天她哭了。从那天起，她和曼陀铃就再也没有见面过，她写信告诉曼陀铃要忘记她，在信中说让曼陀铃就当自己死了，高三前的暑假听曼陀铃母亲提到过她一次。往事，从心底，沉默许久的心底，重又浮出了水面，重又像洪水一般，企图将曼陀铃淹没。

曼陀铃真心希望自己偷看的这个人不是金晶晶，希望这是上天故意安排的一场玩笑，这场玩笑很快就会结束。曼陀铃不想现实打破美好的回忆，希望让过去的一切过去，希望自己的大脑失忆一次，希望自己心灵经受一次彻底的洗礼，让一切重新开始。因为这是高四，曼陀铃知道，面对金晶晶,自己将无法控制,将失去理智。因为曼陀铃知道,对自己来说，金晶晶就是一杯毒药，一杯上了瘾戒不掉的毒药，一杯无法抗拒的毒药，会让自己浑身无力，会摧毁自己的意志，会泯灭自己的理想，会让自己彻底沉沦。这样会对不起自己父母，影响自己的未来，同样也会对不起金晶晶的父母、金晶晶的家人。

补习班的班主任姓张，是一名物理老师，一连三年都负责教补习班并兼任班主任，身高一米七几，框着副紫色大眼镜，从老张额前大块的秃顶足见其工作尽职尽责，鞠躬尽瘁。老张站上讲台，手里捏着个本子，白色的短袖衬衫的胸口袋里别着一支钢笔。老张朝教室四周打量一番，教室里嘈杂的声音很快就消失了。老张开门见山地说：“同学们，我是你们的班主任，姓张，文理复读班只各开了一个，所以教室排得很挤是理所当然的，同学们相互体谅，可能还陆续有同学要来，座位就暂按现状，等到齐后再做适当调整。”

然后，老张打开手中的本子，从口袋里拔出钢笔，说：“同学们，我现在来点个数，点到的同学就喊声‘到’并站起来下，大家相互认识认识。”说罢，老张就挨个点起名来，点完名后老张接着说：“同学们，希望大家从今天起认真应对接下来的一年，以对自己负责、家长负责、学校负责的角度，去看待问题、理解问题。今天，大家各自准备准备所需用品，新一中的同学可以熟悉熟悉环境，但外出务必注意安全，明天开始正常上课……”

老张走出教室后，高霖雨用书拍着曼陀铃的背，问曼陀铃认不认识刚才老张点名的“金晶晶”。曼陀铃说没有记得是谁。高霖雨说希望不是曼陀铃的青梅竹马，要不曼陀铃又要开始痛苦了。

在高霖雨跟曼陀铃聊着这话的时候，金晶晶正在忙于整理书本，嘴里哼着陈淑桦的《梦醒时分》：“你说你爱了不该爱的人／你的心中满是伤痕／你说你犯了不该犯的错／心中满是悔恨／你说你尝尽了生活的苦／你找不到可以相信的人／你说你感到万分沮丧／甚至开始怀疑人生……”

吃过午饭后，曼陀铃跟江心洲说出去转转。江心洲问去哪里。曼陀铃说自己也不知道，不一会儿想到夏耘曾经说过的情人坝，便说了给江心洲听。江心洲说两个男人大白天去情人坝，是不是有神经病啦。曼陀铃说就想找个人少的地方，好好地静一静，想一想，自己该是去是留。

当曼陀铃和江心洲从电动三轮下来后，横在眼前的是一条两头无限延伸的水泥墙，每隔一段距离，水泥墙上都会有一条梯子，方便人们上下。这条坝，是这个县城唯一与长江接壤的地方，1997 年洪水差点冲决了堤坝，这个县城及下游的无数村庄差点被淹没。经过那次洪灾后，为了以防万一，这条坝加高了很多，也加宽了很多。堤坝上每隔一段距离就设有一个凉亭，应该是供抗洪抢险时备用的“营地”，平常成为这座县城人民的“休息客栈”。

曼陀铃和江心洲坐在堤坝的凉亭里，强烈的阳光将江面照得波光粼粼，江面上不远处的船只在强光的衬托下只是一条条黑影，江水一阵阵拍打着岸堤，发出一阵阵哗啦哗啦的声响。曼陀铃说金晶晶真的来了，在一个不该相见的时间、不该相见的地点，相见了，接下来自己不知如何是好，不敢相认，不敢讲话，不敢接触，但是又不可能不相认。

江心洲问有这么严重吗。曼陀铃说有，很严重，自己现在终于理解了陈怀均，理解了邓立明，理解了诗人海子，说当自己的血液中渗透着另一个人的呼吸时，这种不能自拔的痛苦，只有为爱而疯而狂的病态的人才能体会。曼陀铃又说，当自己遇到金晶晶时，才知道她在自己心中没有人能够替代得了的，自己恨不得将金晶晶私藏起来，私藏到一个没有人烟的森林，过着野人一样的生活，在那里繁衍，养育后代，拥有一片仅仅属于自己和金晶晶的世外桃源。

江心洲忽地站起身来，叫曼陀铃也站起来，又叫曼陀铃跟着自己一起下到水边。浪，一个一个往这边扑来，打湿了曼陀铃和江心洲的鞋子、衣服、头发，两个血气方刚的年轻人，朝着远方，大声地胡乱呼喊着，曼陀铃的拳头不停地在胸口拍打着。江心洲问他：“你想死吗？想死我现在就送你一程。”曼陀铃说：“我想死但不能死，因为自己的生命属于母亲，即使灵魂已经湮灭，也要为母亲保存好这具身体。”夕阳已落山，船笛已响起，暮色下，两个年轻的身影就这么一直甘愿承受着浪涛的拍打，不，这是在洗礼。

这晚，曼陀铃将自己的座位搬去了教室的最后排的拐角，他希望自己离金晶晶远点，再远点，他不希望这个教室的任何人与自己有哪怕一丁点的关系，他希望自己能够私藏在这个角落度过这艰辛的高四，最好能跟童思宇或夏耘联系上，这可能是忘记金晶晶唯一的办法，虽然自己也认为这样做很龌龊，是在亵渎爱情，但是也只能试一试，有效没效谁也说不准。当然，曾经生死与共的江心洲，坚持着要做曼陀铃的同桌。

高四的第一个周六，太阳快要落山，去二中复读的老同学来了。曼陀铃、江心洲和高霖雨将老同学们带进了教室。老同学们带着衣锦还乡的神气，屁股一落凳，就通知说，童思宇姐妹也去了二中，恐怕也会来。送走老同学后，高霖雨问曼陀铃为什么一声不吭地搬去后面拐角。曼陀铃说那里靠窗，可以看窗外的景色。高霖雨说骗鬼去吧，然后拿着几本书往外走去。

当窗外有人“哎哎”地朝教室喊来，江心洲提醒曼陀铃说双胞胎来了。曼陀铃循声望去，只见童思宇正趴在窗前，睁大着双眼。曼陀铃走到窗外，仔细将童思宇打量一番，童思宇还是童思宇，和原来一样的碎发、眼睛和笑容。

“什么风将你吹来了？”曼陀铃朝童思宇说。

“没来复读就不能再来喽？可别忘了，这是我的母校，”童思宇指着毕业楼前的广场，对曼陀铃说，“我妹在那边等着，我们过去。”童思斯正独自蹲在灯光照不着的地方，旁边停着辆自行车。曼陀铃问她为什么不来一中。童思斯说：“本来我们是要来这儿的，但我妈知道你也在，就不许我们来啦。”

忽然，金晶晶朝广场这边走来，进了教室，过一会儿又从教室里出来，手里拿着几本书，嘴上依然哼着陈淑桦的《梦醒时分》。接着，高霖雨也走了过来，走到两姐妹跟前，大声问："那位帅哥是谁？"

"大诗人啊。"童思宇提醒高霖雨。

"我还以为是鬼呢，坏家伙。"高霖雨半开玩笑半诅咒地说。

"你长得越来越漂亮，才一个暑假就变了这么多。"童思宇对霖雨说。

"再漂亮也比不上你啊。"高霖雨说。

"我不懂，你为什么叫他坏家伙？"童思宇问。

"问他？你问他自己好了，刚才进教室去的那个美女，你知道是谁吗？"高霖雨问童思宇。

童思宇说："没留意啊。"

高霖雨说："应该回了寝室，有空你可以跟我一块见见去，见了你就会发现似曾相识，她也叫金晶晶。"

童思宇愣了片刻，似在努力回忆，嘴里说："金晶晶！哪个金晶晶？"

高霖雨说："你去问大诗人，他应该会告诉你答案。"

童思宇恍然大悟，说："哦！没必要了！"

曼陀铃再次见到了高霖雨杀人不见血的鬼斧神工，没辙，只好暗自哀叹。因为曼陀铃心里清楚，自己不可能会忘记金晶晶，更不愿因此而伤害童思宇。曼陀铃这么一想，又觉得浑身释然，自己得感谢高霖雨帮了一个大忙。不一会儿，高霖雨对双胞胎说："你们慢慢叙，我有事得先走了。"然后，又对曼陀铃说："待会，你一定得送啊，这是你的义务，人家对你这么包容！这么大度！"

童思宇看看思斯，又看看无言的曼陀铃，对高霖雨说："不早了，我们也该走了。”

“要走？那就随你们吧，”高霖雨说，“大诗人，快送送吧。”

“不要！不要！我们能回去。再说，没这个必要，也没意义。”童思宇语气坚定。

曼陀铃心头酸楚，依旧无语。童思宇看了眼曼陀铃，就匆匆推起自行车，一步一步朝校园大门走去。曼陀铃呆呆地看着童思宇，跟了一段路，童思宇步子越来越快，与曼陀铃的距离越来越大。于是曼陀铃停下了脚步，望着童思宇幽幽的背影在自己视线里渐渐模糊，渐渐模糊。

后来，童思宇再也没来过一中。后来，没过多久，听二中复读的老同学说童思宇谈恋爱了，恋爱的对象是二中出了名的尖子生，传说这尖子生报考的是清华，但是没被录取，于是也读高四来了。

第19章

夜色情人坝上童话般的爱情

毕业班楼后面是一条宽五六米的苗圃，里面有着奇形怪状的盆栽，盆栽的枝丫多被细丝缠绕固定着，鸟儿不时在里面蹦来跳去，偶尔发出清脆的鸣叫。苗圃的后面是一条水泥路、教职工宿舍楼和女生宿舍楼。

曼陀铃只要有空，便趴在窗户上，欣赏着苗圃里的景色，经常为园艺师高超的技术和勤劳的身影所打动。当一个周六放学后，曼陀铃看见了窗外的金晶晶，粉红色短袖，白里透红的脸蛋，翩然跑动，学生发向后扬起，胸前微颤……

曼陀铃看到了两只精灵，在海面玩耍。再接着，浪潮在猛烈地冲刷堤岸，沙土往水里滚去。堤坝越来越窄，开始整个儿晃动，崩塌。曼陀铃被卷了进去，大声地呼救。岸上的人面孔麻木，星星躲进了云层。曼陀铃慢慢坠入黑暗的深渊，一头巨鲨龇牙咧嘴，朝自己扑来……

曼陀铃突然感觉有只手用力地拉着自己，自己这才停止了继续往深渊里下坠。是江心洲把曼陀铃叫醒了，他问曼陀铃是不是走火入魔了，脸上的汗滴，很是吓人。曼陀铃用手背揩了揩额头的汗珠，然后又用手心在额头使劲地揉了揉，跟江心洲说自己总有一天会走火入魔。

江心洲说看曼陀铃神情很不对劲，建议要找个地方喝喝酒，发泄发泄，说就在学校附近聚聚。他们被一家新开的饭店的店主吆喝了进去。这家饭店被接手后，新店主将门面修理了下，换了些新的桌椅，看上去还算卫生。曼陀铃扯了卫生纸，将桌椅擦了一遍。江心洲倒上两杯水，两个人就坐着聊了起来。这晚，曼陀铃烂醉如泥，头晕得厉害，感觉大地在剧烈地晃动，无休止地剧烈旋转，感觉自己一会儿天上、一会儿地下，然后就不省人事了。

周日的早上曼陀铃醒来时，脑袋仍然胀痛着，眼睛辣辣的。这时，他突然发现自己躺着的地方不是宿舍，他一下子坐起身来。“你醒了。”金晶晶说。曼陀铃这才注意到金晶晶正坐在自己床边上，头不好意思地低着，黑亮的学生发蓬松地下落着。曼陀铃有些不知所措，在室内紧张地看了看，这是一间再普通不过的小旅馆客房，但太阳透过粉红色的窗帘，将整个房间照耀成了粉红的海洋，给人无限温馨的感觉。

曼陀铃对金晶晶说实在不好意思，出洋相了。

金晶晶的头缓缓地抬了起来，粉红色的阳光落在她脸上，她的脸宛若鲜艳的桃花，会说话的眼睛里波光粼粼，散发着迷人的芬芳。金晶晶也有些不好意思地说自己也刚来不久，昨晚是江心洲将曼陀铃扛进这儿来了，江心洲昨晚在这陪了一夜，刚出去。

金晶晶继续说：“昨晚，我跟江心洲去餐厅时，看见你烂醉如泥，就将你扶到餐厅隔壁的这家旅社了，然后我就回去了。你知道我当时的感受吗？我很不好受，因为这都怪我，没主动跟你打一个招呼，但是我实在不知道怎么去跟你打招呼，我知道我们不该在这里相遇……”

曼陀铃和金晶晶从旅店下来后，路上遇见了高霖雨。金晶晶用手打了下曼陀铃，示意曼陀铃要不要去跟高霖雨打个招呼。曼陀铃还没反应过来，高霖雨就走了过来，头发散开，穿身白裙。霖雨看了眼曼陀铃，又瞥了一眼曼陀铃身后不远处的旅店，站到金晶晶身旁，跟金晶晶说：“你真幸福啊，叫人嫉妒。你们准备到哪玩去啊，也带曼陀铃去？”

金晶晶有些尴尬：“我们、我们……”

高霖雨：“算了，开玩笑的。哪能败了情场王子的雅兴。还是你们玩去吧，曼陀铃可是哄女孩的高手，你得小心。”

金晶晶的脸红了，一时不知如何回答。

高四开学后的第三个周六。黄昏时，曼陀铃和金晶晶朝学校大门走去。曼陀铃问金晶晶，今晚干什么呢。金晶晶说，不知道，还要想想。曼陀铃说我想带你去看月亮，说自己很喜欢月亮，月亮神秘、美丽。

金晶晶问曼陀铃：“哪儿的月亮最好看？”

曼陀铃：“一个坝上——一个叫作‘情人坝’的坝上。”

金晶晶：“情人坝？！听起来好浪漫哦。你去过，是吗？”

走在街上，曼陀铃仰头望了望，月亮还真的够圆，月亮的周围是迷蒙的光环。

曼陀铃：“是的。”

金晶晶：“跟你女朋友一块去的？”

曼陀铃：“错。是男朋友，江心洲。”

金晶晶见曼陀铃一本正经，就噗地笑了起来：“你真太搞笑了。带男朋友去情人坝，那——那人家会不会说你们是在同性恋啊？那你的女朋友也不吃醋？”

曼陀铃：“女朋友！我的女朋友？高霖雨？”

金晶晶：“高霖雨吗？我看不是很像，但也不排除那种可能。不过，高霖雨看上去蛮喜欢你的，好像你有点残忍。但也不排除，这是你在我面前掩盖真相。”

金晶晶也仰望起天上的星星和月亮，漫不经心地，像在说着童话里的故事：“好像，还有另外一个人。凭我双鱼座的第六感，那个女孩应该就是，就是那天晚上，在操场上跟你聊天的那个，碎头发的那个，我好像在哪里见过她，总感觉面熟，又回想不起来，可能是在梦里面吧。那天晚上，我在教室里，我一直看着你们，应该是高霖雨告诉了她，我来啦，哈哈，哈哈。没想到，这么搞笑。”

曼陀铃也望着天，看着天上的星星和月亮，跟着金晶晶一起傻傻地笑着。

金晶晶又说：“今晚我想随便逛逛，来县城都这么久了，还没好好逛过。等再有机会了，我再跟你去情人坝，陪你去看月亮。”

曼陀铃：“遵命，一定好好表现，争取早日通过领导考核。”

金晶晶噗地笑出了声来，伸出手在曼陀铃胳膊上使劲打了一下。曼陀铃想起了小学五年级，那时他们一起玩的“官打耷捉贼”的游戏，于是本能地将手掌伸给金晶晶。金晶晶毫不留情地拍了一下。然后，两个人会心地大笑起来。

曼陀铃和金晶晶边逛边闲扯着，一会儿天上，一会儿地上，不着边际。没一会，就被一首《有多少爱可以重来》给打断了，这家音响店将音量开得实在有点过分，曼陀铃的心还是被它的歌词给震撼了：“常常责怪自己，当初不应该／常常后悔没有，把你留下来／……命运如此安排，总叫人无奈／这些年过得不好不坏，只是好像少了一个人存在／而我渐渐明白，你仍然是我不变的关怀……”

曼陀铃和金晶晶只进去随便看了看就出来了。金晶晶说，震得叫人脑瓜都要喷浆了。于是，他们继续着毫无目的的乱逛。他们逛进了望海世纪商场，里面飘着《梁祝》的笛音。他们径直朝女性专卖区走去。金晶晶好像没注意到“女性专卖区”几个大字，当意识到曼陀铃不太对劲时，便对曼陀铃说：“怎么啦，叫你陪着逛逛商场，就受不了啦？”

曼陀铃见很多女人都在用奇怪的眼神看着自己，曼陀铃的脸烫烫的，有种闯入女厕所的尴尬。曼陀铃尽量避开那些拿卫生巾的女人，对金晶晶说自己那边看看去。金晶晶看了眼曼陀铃，说你去你去。出超市后，曼陀铃讲给金晶晶听，金晶晶乐不可支，还问曼陀铃当时是什么感觉。曼陀铃说好像闯进了女厕所。

金晶晶用卫生巾袋，顺手在曼陀铃背上狠狠地甩了一下，说：“真看不出来，你变得不简单了。”

曼陀铃说：“人都在长大嘛。”

金晶晶又笑。金晶晶的笑说停就停了，她猛地站住，脸涨得通红。

曼陀铃问：“落东西了？”

金晶晶没有回答，脸红得跟苹果似的，不过在路灯的映照下，十分可爱，叫人心疼。曼陀铃看着金晶晶，自己的心却在怦怦狂跳。

金晶晶说：“我得赶快回去。”

曼陀铃问：“去哪？”

金晶晶说："寝室。我的那个来了。"

曼陀铃问："哪个？"

金晶晶说："白痴，这还用问，女孩子不就那个，还有哪个？真麻烦！"

然后，曼陀铃拉着金晶晶的手，他们在街上狂奔，好像在飞，他们真的成了两只精灵。曼陀铃想起了《泰坦尼克号》的Jack和Rose，两个人站在船头，学着飞翔。

灯，一盏两盏地离去，又一盏两盏地迎来。每隔分来钟，曼陀铃就问："你还跑得动吗？"金晶晶总是气喘吁吁地说："行啊，你别管我了，只要快点，我真的，呵呵，真的受不了了。"他们跑进校园，金晶晶喊着停下。曼陀铃放开金晶晶的手，看着金晶晶往女厕跑去，她的身影在灯光下，一摇一晃。曼陀铃虽没体验过，也没法体验，但曼陀铃能想象此刻晶晶的痛苦。

曼陀铃站在校园中心广场上，头顶星辰似锦，这广场是新建的，还没完工，草坪还没栽上绿草，葡萄架上也没有藤萝，校徽的底座孤零零地蹲着。曼陀铃想自己应该让晶晶感到快乐，尤其是在这个时候。曼陀铃想到了一个故事，好像是发生在大学校园里的。男孩每月都要买不少的巧克力送给女孩，女孩每次都感动得泪流满面。于是，曼陀铃跑出校园，去到小店，买了几块巧克力。

金晶晶走过来，说："我还以为你走了呢。"

曼陀铃很是正经地说："怎么会走呢，在这个时刻？"

曼陀铃将巧克力塞到金晶晶手中，说："送给你的。"

"这是什么啊？"金晶晶看了下，说，"巧克力？你怎么想到要买这个？是不是以前你……我还没答应你呢。"

金晶晶见曼陀铃傻笑，就又说：“看在我们老同学的分上，今天就给你这个面子，接了。”

又是一个周六的黄昏，金晶晶问曼陀铃情人坝什么样子，说很想去看看。曼陀铃喜出望外，赶紧说好，问她是否今天就去。金晶晶犹豫了好一阵子，又点了点头。他们在学校门口叫了辆三轮摩的。下了摩的后，司机大哥提醒说：“上下梯时要注意安全啊，要过来接不？”曼陀铃摇了摇头，说了声“谢谢”。

曼陀铃和金晶晶面对着夜幕下宽阔的江面，不远处有盏盏夜灯，那是渔船里的灯火。在远处，有高大的船舶，在江面上像静止了一样。星星和月亮在空中洒下晶莹的光芒，映在金晶晶的眸子里，映在曼陀铃的心里。两个人在坝上走着，江面上的风浪哗哗作响。

曼陀铃问金晶晶：“这些年，你过得好吗？”

金晶晶说：“不好，也不坏。”

曼陀铃继续问：“怎么想到来这里复读？知道我也来这儿吗？”

金晶晶摇了摇头，说：“不知道，暑假一直待在上海，在我哥家，我哥的朋友来报的名。其实，暑假里，我经常在想，那个叫曼陀铃的不知道考走没有，他那么聪敏应该没问题吧。”

金晶晶哥哥是在方圆十几里内很有口碑的一个人，曾经在县农技站吃公粮，后来改制就下海了，租了几台大巴车跑起上海一带的客运来，在上海龙华一带可谓黑白通吃。

金晶晶说着说着，展开双臂，风一般跑起来，嘴里高呼着：“这是哪里呀？水里有人吗？”

曼陀铃跟在金晶晶后面，也风一般地跑动，放开嗓门回答着：“这里有我呢。”

金晶晶：“你是谁啊？我认识你吗？”

曼陀铃：“我叫曼陀铃啊，12 岁就认识了金晶晶呀。”

金晶晶可能是跑累了，也可能是笑累了，停住双脚，弯下身子，哈哈大笑起来。曼陀铃走到金晶晶身后，一把抱住金晶晶的腰，跟金晶晶一起哈哈大笑起来。金晶晶扳开曼陀铃的双手，又继续跑动起来，如起舞的浪花，在曼陀铃眼里翩然翻飞。

金晶晶大声说：“我们这是哪里呀。我们是不是疯了呀？”

曼陀铃说：“我们已经疯了呀。”

金晶晶可能实在是跑得太累，靠在凉亭的柱子上，气喘吁吁。曼陀铃过去将金晶晶揽入怀抱。金晶晶在曼陀铃耳边说：“我们不会真的疯了吧？”

曼陀铃说：“我是疯了，在开学第一天，从看到你的第一眼起，我就疯了。”

曼陀铃和金晶晶在凉亭里坐了下来，一起欣赏着明净的月亮，一起数着天上的星星。他们仿佛置身于童话的世界，这里只有欢乐，只有纯真的爱情。金晶晶脸上洋溢着幸福的笑容，浑身透着一种栀子花的淡淡清香。曼陀铃看着金晶晶，感觉金晶晶是一杯美酒，自己是杯中的醉客。

“你乐什么？”曼陀铃笑着问金晶晶。

“你猜。”金晶晶的眼睛是那么的闪耀，嘴唇是那么的真诚，面若含苞待放的花朵，身似卧在夕阳下的芙蓉。

曼陀铃有了飘的感觉，飘在金晶晶的香里，飘在金晶晶的笑里，眼里，唇里，心里。

“你猜啊，再不猜，就不跟你玩啦。”金晶晶的声音明显提高了不少。

此刻，曼陀铃的大脑如上了铁锈的齿轮，转动的速度之慢无法言喻。

“不猜，就拉倒。”金晶晶努起的嘴形很漂亮，像两片刚绽的花瓣，鲜红中涂着皎洁的月光。

此刻，他们沉默着，在回忆，在幻想，还是在期盼？都有可能。风，轻微地拂过，金晶晶的学生发也跟着动了起来，一丝丝，亮晶晶，在忽明忽暗的空气中闪烁着，也许这些或明或暗的光，不是来自江中的渔船，也不是来自坝下的村庄，而是来自金晶晶的头发、眼睛、嘴唇。

忽然，曼陀铃隐约听到了什么，好像是“你爱我吗”。但仔细一听，没了，俨然一颗转瞬即逝的流星。曼陀铃拼命寻找着，捕捉着这种声音。声音在空气中游动，很自由，宛如银河里的双鱼，菱形的鱼头能折射出炫目的光泽，然后组合成梦。

“你说水底是什么？”金晶晶远眺，边问。

曼陀铃：“一个世界吧，或许。”

金晶晶：“如果真的是那样，肯定美丽极了。”

曼陀铃：“应该吧。不过我希望水底有人家，最好与世隔绝。”

金晶晶：“如果真的就好啦，我们就可以去那儿，不用读书，过着最原始的生活。”

曼陀铃：“对，最原始的生活，像武侠或神话中的人物。”

金晶晶：“但是，是不可能的。”

曼陀铃：“为什么呢？”

金晶晶：“我也不知道，反正我知道现实中是不可能的，就是你不惹别人，别人一样会看不惯你。”

曼陀铃："或许人就是这么个模样，看不惯别人的幸福。"

…………

曼陀铃又朝江面望去，星点状的渔火，倒影在黑色的水面上，好像火是点在水的底部，好像水底真的住了人家。曼陀铃似乎真的看到了水底，水底的乡村、土地、黄牛、吃黄土的蚯蚓，还有几个驼背的人在烈日下劳作。

金晶晶靠在曼陀铃的肩头，睡着了。曼陀铃小心翼翼脱下外套，披到金晶晶的身上。然后，曼陀铃侧过身去，让金晶晶躺在自己的怀里。后来，他们就像说梦话似的聊着，说过些什么，他们都想不起来了。

第20章

一场风波

夜，静悄悄的，江水拍打着堤岸，发出类似嬉闹的声响，好似情人的窃窃私语。

曼陀铃迷迷糊糊地，感觉自己飘了起来，飘在云朵的上面，他梦见自己摘了一朵云，白白的，像哈达，然后送给了金晶晶。曼陀铃又梦见了月亮，月亮总是羞赧着脸，用纤细的小手将脸蒙住，显得异常的神秘，幻化起来，时而像逗号，时而像句号，还有感叹号，问号……

不知睡了多久，曼陀铃醒了，是被冻醒的。曼陀铃担心金晶晶也被冻着，就抱得更加用力。可能是曼陀铃用力过重，金晶晶也醒了。当金晶晶发现自己偎依在曼陀铃的怀里，身上披着曼陀铃的外套，本能地坐直了身子，然后撒娇似的用两个精致的拳头在曼陀铃的胸口捶打着，努着嘴说："你是不是欺负了人家啦，你到底欺负哪里啦……"

曼陀铃紧紧握住金晶晶的两只小拳头，看着金晶晶的样子，不禁哈哈大笑起来，然后一本正经地说：“我怎么可能欺负你呢？你就是我眼中的一朵鲜花，我连碰都舍不得，怕玷污了这纯洁的美丽。”

“我不信！你怎么证明你没欺负我？”金晶晶仍然努着嘴说。

曼陀铃实在找不到自己没欺负她的证明，便说：“我发誓。”

金晶晶：“拉钩。”

于是曼陀铃伸出右手的小拇指，同金晶晶拉起钩了。然后，金晶晶说“我要疯去喽”，双脚还没站起来时，发现自己的腿麻了，差点摔跤。曼陀铃一把扶住金晶晶，于是金晶晶正好又落到了曼陀铃的怀里，于是两个年轻人对视着，身体抱在了一起，嘴唇贴在了一起。

风，从江面吹来，越来越大，吹到脸上冷冷的，气温开始明显地下降着。金晶晶一连打了好几个喷嚏，这对年轻人才决定回去。曼陀铃问金晶晶的腿还麻不。金晶晶说不麻了。到了下梯子的时候，曼陀铃说：“我来走前面。”

金晶晶：“为什么啊？”

曼陀铃：“怕你脚还麻啊。”

下梯子的时候，曼陀铃心慌得厉害，毕竟梯子有十几米高，加上又是夜里。曼陀铃朝下望去时，头有些晕，要不是手紧抓梯子，说不定真的摔了下去。这时，金晶晶在后面苦口婆心地说，小心点啊，手抓紧点。曼陀铃也是同样叮嘱着金晶晶，不时一只手扶住扶手，另一只手去握着金晶晶的手。

曼陀铃看见了地面，只有大概一两米了，感到浑身释然，纵身一跳，下到了地面。金晶晶站在梯子的远处，问曼陀铃高不高。曼陀铃说一两米高。金晶晶说我也跳了。曼陀铃说你不能跳。曼陀铃话音未落，金晶晶就学着他纵身一跳。

金晶晶“啊”的一声，双脚着地，身体往前倒，准备撑起身体的两只手臂拐了下去。金晶晶趴倒在地,发出一声剧烈的惨叫。曼陀铃跑过去，将金晶晶抱起，感觉这个世界没有一点生机。

为了尽快见到医生，曼陀铃拉开步子。可没跑几步，金晶晶痛得更加厉害。曼陀铃放慢脚步，欣赏着这朵圣洁鲜花的美丽。曼陀铃情不自禁地弯下头去,在金晶晶的嘴唇上咬了一下。在咬的瞬间有种触电的感觉，有麻麻的感觉。曼陀铃好像听到了什么，但没听清楚，他问金晶晶刚才说什么了。金晶晶说什么都没说。

曼陀铃记得在路上有家医院，不过仔细一想，又想起了医院的旁边还有个小店,是专卖计生用品的。接着曼陀铃想,那医院一定是妇科医院。出于安全起见，曼陀铃径直朝县医院迈去。曼陀铃感到幸福，金晶晶被自己托着，像一只可爱的小精灵。

医院里一片死寂，回荡的脚步声，直叫人恐慌。值班室里有一个大概四十出头的人，那人堆着个大肚子，满脸的倦意。他站起身来，径直朝曼陀铃走来，大声说:“怎么了，怎么了，医生都下班了，明天再来吧！”

曼陀铃喝了一声:“医生呢，都死光了？”

“别生气，先找个地方歇着再说吧。”金晶晶说。

曼陀铃用鄙夷的目光看了那门卫一眼，便朝候医室走去。曼陀铃坐了下来，两腿分开，让手臂的重心落到大腿上。被自己托着的金晶晶，看上去十分安静，仿佛睡着了。没过一会，金晶晶的眼睛睁开了，在屋里环视了一下，看着墙上的电话机说:“我有电话卡，我要打个电话给我哥哥。”

金晶晶在电话里撒着娇，像个十足的小女生，问她哥哥自己现在该怎么办。她哥哥问伤得严重不，问怎么伤着的，是不是别人欺负的。金晶晶回答说是自己摔着的，在玩的时候，还是同学看到了，送到医院的。她哥哥问痛不，她由于没控制好自己，哭了出来，说痛啊，眼泪就滑溜溜顺颊而下。弄得她哥哥在电话里急得说不出话来，最后叫妹妹别急，说让同学先照顾下，他明天就回去，还问她告诉爸妈没有。

"没有啊。"金晶晶哭得更凶了。

金晶晶哥哥："为什么不告诉爸妈啊？"

金晶晶："我怕。"

金晶晶哥哥："怕什么，爸妈你又不是不知道，还会责怪你不成？"

金晶晶："我也不知道。因为——因为——"

金晶晶哥哥："你现在在哪里？"

金晶晶："县医院，有同学在陪着我。"

挂掉电话之后，曼陀铃问金晶晶好些没有。金晶晶点了点头。曼陀铃说为什么不是伤着自己。金晶晶说，你的手酸吧，放我到椅子上躺着。曼陀铃轻缓地将金晶晶放在椅上，幸亏椅子有背，也够长。曼陀铃也坐了下来，将金晶晶的头，说准确点应该是整个上身，放在自己的怀中和腿上。曼陀铃轻轻地搂着金晶晶，问这样行吗。金晶晶轻微地点了点头。

就这样，金晶晶睡着了，也不知道睡了多久。忽然，她准备翻身，接着便是"啊"的一声，她似乎想起了很多，眼珠又转动了几下。她神志明显清醒了许多，她断断续续地问："刚才是梦吗？我老是感觉被人抛弃了，那个荒山野岭有好多野兽，好可怕。""怎么会呢？有我啊，我怎么肯抛弃你呢？去要保护你啊。"曼陀铃难过地说着。

金晶晶没再说话，缩起鼻子，哭出声来，说："小时候，妈妈经常跟我说，女孩跟男孩亲嘴后，会怀孕的。要是真的怀孕了，我们怎么办？"

曼陀铃，"生物书上面讲，我们那个还没结合，你会没事的。"

金晶晶："你真的爱我吗？"

曼陀铃："爱你，从小就爱，在我们很小的时候，你就在我心中播下了一颗种子，这棵种子因为缺少了你的养分，迟迟没有发芽，今天终于发芽了，我感觉到了，真的感觉到了。我们真的很幸运，又在一起了，好像时间一直在等着我们……可能我们这辈子，永远是脱不了关系……"

金晶晶："你别再说了，我都感动得要死了，如果我们就像这样死去，该多好啊，我们什么都不用去想，我们能永远在一起。"

曼陀铃用仅能活动的一只手，抚着金晶晶的泪水，泪水是烫的，像火。曼陀铃说："傻瓜，我们还有美好的未来，为什么要死，再说，我们的身体本就不属于我们，属于我们的母亲。"

"你才傻瓜，你骗人还骂人家傻，你真坏，"金晶晶闭上眼睛说，"我的手不会好的，我刚才看见医生来了，拿着钢锯，还有锤子和斧头，我好害怕啊，曼陀铃，我该怎么办啊？我真想我们能就这样死去，到一个有冰有雪的地方，你就这样抱着我，然后我们闭着眼睛，去到另一个世界，这样我们就能永远在一起，也不会有人去打扰我们。等过了千年万年之后，我们还这样在一起，我们还活着。"

金晶晶说着说着，声音越来越小，累了，进入了梦乡。金晶晶睫毛上的泪珠还在闪烁着，好像在跟曼陀铃说着些什么。没一会儿，金晶晶的头动了动，好像用了很大的力气，然后迷糊地说着些什么，一些字眼慢慢能被听清："哥哥，哥哥，哥哥……"

金晶晶醒了，她疑惑地看着曼陀铃，好一阵子，才问：“我、我怎么在这了，我哥呢，我哥不是来了吗？怎么走了？是不是看见了我们在一起？！”金晶晶那只放在胸口的手，还没来得及移动就疼得不行，她“啊”的一声，痛叫起来。金晶晶潸然泪下：“我的手，我的手怎么了，是断了吗？刚才不是梦吗？刚才的一切都是真的吗？是吗？为什么会是真的呢？曼陀铃，你告诉我啊。刚才一切不是真的，是这样子吗？刚才的一切都是梦，对吗？刚才我从梯子上跳了下来，那也不是真的，对吗？”

曼陀铃：“晶晶，我不该将你带去坝上……”

金晶晶太激动，根本听不进去，大声痛哭起来，哭得伤心欲绝，哭得曼陀铃撕心裂肺。

曼陀铃说：“晶晶，你听我说，这一切都是真的，不是梦中，我们必须面对。不管怎么样，学校所有的责任都在我身上，我会一个人扛起来。不管怎样，你都要继续读书，考上大学。记住，你的身体属于你母亲。”

金晶晶痛苦地闭上眼睛，抽搐不停。

第21章

凶狠的惩罚

也不知道是夜间什么时候，候医室外面有说话的声音，男的，很有亲和力。金晶晶睁开眼睛，想仰起身来看，但是没能如愿，很痛苦地尖叫一声，泪滴滑了出来。

“几点了？”金晶晶问。

“不知道，”曼陀铃说，“天应该快亮了吧。外面有人朝这走来，你听出来了吗，那脚步不是很重，应该是医生。”

“是吗？”金晶晶诚惶诚恐问。

“是的，是医生来了，你很快就会好的。”曼陀铃安慰着。

“再过一会儿，我哥就要回来了，他回来就好办了，他认识的熟人多。”金晶晶呓语似的说着，眼睛时开时闭，稍微动下身子，就痛得眼泪直流。

曼陀铃很明显地感到金晶晶的身体在颤抖，继续安慰：“一会就好了，你哥就要来了……”

…………

“你就是金晶晶吗？”一名男子走了进来，问。

曼陀铃看了那人一眼，二十七八的光景，大概一米七四的个头，长方脸。曼陀铃吞吐问：“您是——”

“我是医生，来看病人的，病人怎么样了？从哪摔下来的？”医生匆忙来到金晶晶旁边，急切地问。

令曼陀铃不敢相信的是，天底下还有这么好的医生，半夜起来，而且很是心痛的样子。医生怎么知道这有病人呢，难道医生每晚都来，而且在这时上班？曼陀铃迅速地想了下。可医生怎么知道金晶晶的名字啊，除非医生是金晶晶家的什么亲戚。

医生又朝外走去，满脸的不快。接着，医生便在外面发起脾气来，是对那个门卫发的：“你怎么搞的？病人都成这个样子了，你还睡得着，也不通知医生护士，万一要是急救病人呢？要是出了个三长两短？你来负责？！”

门卫被骂得狗血喷头，一声不吭，嗯嗯啊啊地说：“他们——他们——”

“你还想狡辩！”医生横着眼又来到里面。

“医生,能想个办法让她不痛吗？她眼睛都哭肿了。”曼陀铃对医生说。

“唉，我说，你是医生还是我是医生啊，这没你的事情！”医生对曼陀铃也凶巴巴地说着，很不友好地瞪了曼陀铃一眼，说，“跟我来，先检查下，做个CT。”

“明天付钱可以吗？”曼陀铃问。

“钱！你付得起吗？不好好读书！等她哥哥一会过来再说！”医生边走边说。

曼陀铃们来到一间小屋子里，里面摆着张床，床上铺了块白布。床头是个仪器，白色的，圆形。医生叫曼陀铃将金晶晶放在床上，曼陀铃就很轻地将金晶晶放在了床上，并叫金晶晶不要怕。金晶晶并没说话，而是看了曼陀铃一眼，眼睛很快又闭上了。床开始移动起来，朝圆孔里钻去。

医生将镜头对准金晶晶右胳膊的上部，过了一会说："这是在哪儿摔的？胳膊骨折了，要住院，起码要请假一个礼拜。你说你们这些学生，唉，跟我来。"

然后，曼陀铃又抱起金晶晶，跟着医生去了一间病房，医生指着病床说："先就在这里躺下吧，这是我的休息室。"

曼陀铃将软绵绵的金晶晶放上病床，替她脱了鞋，将自己的外套重又盖在金晶晶身上。又按照医生说的，将金晶晶的左手袖子挽上去。医生叫曼陀铃按住金晶晶的两只腿和另外一只手，说要先进行矫位，会有点痛。

曼陀铃听见金晶晶一阵阵地被疼痛折磨着，听得心如刀割。医生说很快就好了，不一会儿医生给金晶晶的胳膊用蘸有酒精的纱布包了起来，然后纱布外面又增加了一个固定绷带。

然后，医生将曼陀铃叫到门口，抽了口烟，说："我是她哥朋友，要不是她哥打电话给我，说不定你们要等到何时呢。"医生吐了口烟圈，表情明显严肃了起来，说，"你老实告诉我，在哪儿摔的，你们学校知道吗？"

曼陀铃挠了挠头，吞吞吐吐地说："学校不知道，江边摔的。"

"你们去了江边？！去了情人坝？！你们不好好读书，去那里干什么？！谈恋爱？！"医生似乎咆哮了起来。

曼陀铃低着头，沉默地接受着医生的批评。

医生也沉默了，将一口气咽了回去，又沉默了会，说：“你进去陪陪她吧。”

曼陀铃进屋后，坐在床沿上，自责起来。头涨得厉害，曼陀铃实在不知道如何面对金晶晶的家人，还有学校，还有自己的父母。头皮开始发痒，用手使劲地挠，越挠越痒，好像每一根头发都是虱子。

曼陀铃细心地看着金晶晶：红肿的眼，小巧的嘴唇，被泪水刷红了的脸蛋，乌黑的头发蓬乱了不少。她在做梦，但愿梦见了蝴蝶、花朵、蓝天和白云，还有大雁、骆驼、狮子。曼陀铃就这样傻傻地看着金晶晶。

没一会儿，曼陀铃也步入了梦境。曼陀铃看见朝阳正在冉冉升起，迎着大地的微笑和绿色的召唤。白天过后便是黑夜，夜是朦胧的、迷糊的、辨不出方向的。夜里，曼陀铃看见了海子、老鼠、火车和坟墓，还有两个白发老人跪在碑前不起。曼陀铃站在一旁，没走近，只敢远观，无论多远，都看得见，看得清，而且随着时间的推移，这些景象还在不断地扩大，直到充满整个世界。

曼陀铃内心其实还是很清醒，很想爬起来，冲出梦的包围，但总是无力爬起。曼陀铃看见一群一群的人正从自己头上踩过，曼陀铃想找把斧子，去砍断那些脚，但是曼陀铃没能如愿。曼陀铃看见自己的血，从后脑勺淌下。那群人踩着曼陀铃的脖子，曼陀铃又看见了一堆骨头，222根，骨头整合成了一个人，盘坐在墓穴里，瞪着大大的眼睛，戴着副眼镜，叼支香烟，他能看到墓穴之外的人。墓前站着很多的人，形形色色的人，曼陀铃看到的不再是人，而是心，一颗一颗的心，有的红，有的黑。曼陀铃看到了很多的死人，他们的肉体被白蚁蛀光了，可那些黑色的心却是完好无缺。

终于，曼陀铃笑了，因为看见了水，好像这些水全是由自己的眼泪变过来的。洪水正在汹涌地上涨，很多人在水中呼喊着，求救着，但是世界却是那么的死寂，没了脚步，没了生命。有的只是水，咆哮的水，怒吼的水，诞生新的生命之水。

曼陀铃终于醒了过来，是医生给拍醒的。医生站在曼陀铃旁边，曼陀铃又被医生叫到了门口，医生说："一会儿，她哥哥就要到了，你好好想想怎么面对吧。她哥的脾气很暴躁，你心里得有个数。"

曼陀铃点点头，没有吱声，脑袋耷拉着。

过了不知道多久，房门被推开了，进来个30多岁的男人，肥头壮脑，身板很实，这就是金晶晶的哥哥，金晶晶经常提到的那个哥哥。曼陀铃看着金晶晶哥哥时，金晶晶哥哥也正在看着曼陀铃。金晶晶哥哥看上去很不高兴，给曼陀铃的第一感觉是望而生畏。

金晶晶哥哥径直来到床边，仔细看了看金晶晶的面庞，然后，眉头紧锁，头直摇着，好像不敢相信眼前的事实。金晶晶哥哥给曼陀铃使了个眼神，便往外走去，再将门轻轻带上。两个人一齐沉默地走到了医院大门外，她哥哥的话音终于划破了夜空，声音是那么有磁性："我妹是你救回来的？"

曼陀铃惊慌着不知如何回答是好，说："是。"

金晶晶哥哥："哪里救的？！学校？还是其他地方？！"

曼陀铃："其他地方。"

金晶晶哥哥："哪个地方？"

曼陀铃："江边。"

金晶晶哥哥怒不可遏，但声音仍然压得很低很沉："意思是说，我妹是因你弄成这样?！”

曼陀铃沉默，眼睛朝夜空看去，黑的，一片漆黑，天什么时候才能亮呢。仔细一听，不远处传来了哭声，像是金晶晶的。金晶晶应该是醒了，曼陀铃想，外面的谈话很可能被金晶晶听到了。

金晶晶哥哥:“你们学校知道吗？为什么学校没人来，什么学校！明天我找去！”

“我——现在——”曼陀铃吞吞吐吐地说。

“你！你马上给我滚远点！马上给我消失！别让我再看到！要不是看在我妹的分上，早就要你见阎王去了！快给我滚！”金晶晶哥哥声音不是很响，但夜却被吓得颤抖。

曼陀铃不肯离开，结结巴巴地说:“我——我——还能看一眼她吗？”

金晶晶哥哥一个巴掌，响亮亮地落在曼陀铃左脸，嘴里边说:“看你个有情有义的！难怪我妹会变成这样！给我记住，我妹要是考不上大学，有你好看的！”

医生走了过来，拉住金晶晶哥哥的手，说:“一个小毛孩，发火不值得。”然后，他们一起走进了医院大门。

曼陀铃跌跌撞撞地、轻轻飘飘地走在夜的路上，天上隐约露出几点星光，应该是在很多亿光年之外的。曼陀铃仿佛感觉走在梦中，这个医院，自己来过，一个人来，又一个人离开。曼陀铃眼前总是晃动着一个人——盲人，盲人敲着铜铃，棍子一点一点地探着道路。

第 22 章

曼陀铃的离开

当曼陀铃再次睁开眼睛的时候，扑面而来的是刺眼的阳光，阳光是如此的毒辣，曼陀铃还是第一次领会。接着，曼陀铃感到眼睛涨得要命，眼珠子都要涨出眶来，眼前的东西总是摇摇晃晃的。

曼陀铃似乎又昏睡了过去，他正处在痛苦的煎熬之中。

寝室里静得恐怖，这是曼陀铃的感觉。曼陀铃万万没想到的是，班主任老张来了。刚才眼睛的睁开，就是同学们给弄醒的，曼陀铃没理睬他们，眼就又闭上了。

“该起来了，都什么时候了，昨晚干什么去了？”声音震耳欲聋，这是老张在说话。

曼陀铃揉了揉肿耷的眼皮，里面像有尖针在乱刺，但是很爽，痛得淋漓尽致。曼陀铃坐起身来，这才发现自己是和衣而睡的，鞋也没脱。曼陀铃感觉自己做了一个可怕的梦，但不是十分地记得。他感觉左边脸颊连带着牙齿疼了起来，曼陀铃神经质地摸了摸脸颊。

曼陀铃想起自己还做了个梦,但梦见什么老是想不起。头都快想炸了，曼陀铃才刚找到点线索，又自己给否定了。绝对不会，曼陀铃抬起头来看了会老张，说，“张老师，找我有事吗？”

老张：“有。”

曼陀铃：“什么事？”

“我还想问你呢！你还装，你不知道，我还清楚？”老张的口气瞬间严肃起来。这时，寝室的其他几个同学在一旁偷笑着，不解地看着曼陀铃。

“你昨夜到哪去了？什么时候回来的？”老张问。

“我——我——”曼陀铃挠了挠脑勺，似在自言自语，“我昨晚，昨晚去了，去了——”曼陀铃很艰难地在脑中搜索着，脑中一片空白。曼陀铃什么都记不得了。曼陀铃紧张起来，头不停地摆着，好像在质疑着什么。最后曼陀铃看着老张，说：“我不知道，我什么都记不得了。”

老张转过脸去，问其他的同学：“曼陀铃昨晚什么时候回来的，是不是很晚？”

“三四点吧。”一位同学说。

“不是。天都快亮了。”另一位同学在纠正。

“都在胡说，我明明在睡觉，一直都在做梦。”曼陀铃气愤地说。

…………

曼陀铃跟着老张来到了办公室，老张叫曼陀铃先坐下。曼陀铃追问：“到底发生了什么，我好像一直都在做梦。”“那你梦到了些什么啊，和些什么样的人在一块？”老张坐在曼陀铃的对面，显得很是慈祥，耐心地说。

“金晶晶，你看到她了吗？她好像出事情了！”曼陀铃慌慌张张地说。

“她！”老张叹了口气，说，“你昨晚做的不是梦，是真的事情，你还没醒吗？！”

“什么！真的！怎么会呢？金晶晶从梯子上摔了下来？”曼陀铃变得更加紧张起来，东张西望着，好像在寻找着什么。

“真的，都是真的。你不是做梦。金晶晶正在医院，我刚才看过去了，医生说很严重，起码要住一个星期的院，全部康复起码要两三个月。”老张说。

“都是我的责任。”曼陀铃说。

“你，你的事情我也不清楚，看看学校怎么办吧，”老张摇摇头，又继续说，“学校是读书育人的地方，不是谈什么恋爱的地方，虽然这些年社会风气变了，人们思想开放了，但是学校永远是学校，是块净土，这点你应该明白。今天一早，金晶晶哥哥来了学校。”

“怎么样？”曼陀铃问。

“她哥哥说要告学校去。我们都赔了不是，他的气看样子还是没消。像他那样混的人，谁惹上了谁倒霉。我看，你最好还是叫你家长来一趟，或许问题会好处理些。你们都是一个地方的，她哥哥应该不会为难你。唉，关键他告的是学校，学校自然也不会放过你。”老张摆出一副一筹莫展的样子。

曼陀铃欲言又止。

老张说：“话又说回来，谁没有个犯错的时候呢？学校也是育人的地方，不会一棍子打死的，这点你就放心。待会我再跟学校谈谈，首先要做到的是，不要将事外传，这样对学校的影响不好。如果能劝她哥哥放弃告状，那事情就好办多了。”张老师边思考边说。

曼陀铃直言不讳地说：“有什么事情，我来承担，我不能连累家人，没考上就够让家人丢脸了。要是家人知道这事情，说不定会被我活活气死。”

老张一脸无可奈何的神情，说："那你自己定吧，一会你去下教导主任办公室，高主任在那等你。"

曼陀铃跟在老张后面，像个犯人一般，到了教导主任室。老张将曼陀铃带进去，再跟教导主任高主任打了个招呼，就离开了。

高主任一脸的严肃，对曼陀铃说："你就是曼陀铃？"

曼陀铃说："是。"

高主任说："经学校研究决定，已对你进行了通报批评，随后，你的'光荣事迹'将在公告栏公布。这个通报批评会存放在你档案里，如果一直放在你档案里，对你的高考，会有一定的负面影响。至于学校是否会撤销这份通报批评，还要看你日后的表现！"

高主任的每个字就像一个个锄头挖的坑，曼陀铃深陷其中。曼陀铃眼前一阵昏黑，他咆哮了起来："那我不读了，行吗?！能还我清白吗?！"

高主任一字一句、斩钉截铁地说："你以为这是你家的菜园子啊！说不读就不读！就是不读，你的污点还会存放在你的档案里！！"

曼陀铃欲哭无泪、欲死无门，曼陀铃低下头去，哀求着说："高主任，我知道自己错了，学校打我、骂我、侮辱我、开除我，我都认了。但是，如果我父母知道，我的档案里有个通报批评，还上不了大学，我的父母，会被我活活地气死的……"

曼陀铃久久未听到高主任的声音，两行泪重重滴落在了地上，闭上眼睛，看到了火红的太阳，以及太阳底下收割稻子的父母，又看见了月亮，以及月亮底下抽水灌溉的父母。他看着一筹莫展的父母。曼陀铃的双腿剧烈地晃动起来，似乎感觉到了天崩地裂。

曼陀铃逐渐恢复知觉之后，发现教导主任室里空无一人，他踉踉跄跄地走了出去，本能地朝公告栏那边走。曼陀铃看见了公告栏前黑压压的一片，那是攒动的人头，大家都在纷纷议论着。曼陀铃没敢最近，害怕有人会认出自己来，害怕认出自己的人会蜂拥而至地问这问那。想着曾经这里是自己的光荣榜，如今却变为耻辱墙，曼陀铃感觉无地自容。

不远处，有人喊着“曼陀铃”向这边来了，声音越来越大。江心洲从曼陀铃身后跑来，气喘吁吁地将曼陀铃拉到了一个相对隐蔽的树下，急匆匆地说：“老张，没有为难你吧！”

曼陀铃摇了摇头。

一会儿，高霖雨也走了过来，问曼陀铃：“从昨晚到现在，你们都发生什么了？为什么学校会通报批评你？为什么金晶晶也不见了？你不会是干了什么傻事情吧？”

曼陀铃无法回答高霖雨的问题，也不愿意回答，只是又摇了摇头。

江心洲紧张地说：“现在，最紧要的是，想办法让学校将通报批评撤销，这可是影响到高考录取的啊！杀人不见血啊！”

高霖雨也紧张起来：“那能有什么好的办法呢？”

曼陀铃们三个人一起沉默着。

江心洲忽然说：“要不，我们给县教委写封信，好歹曼陀铃也是曾经的‘名人’，总不能就这样一棍子打死吧？”

高霖雨说：“要不，看看能否联系到县长女儿，也只能有这一招了。”

江心洲说：“对了，那次采访你的记者，还有能联系上吗？让她想想办法。”

曼陀铃仰望苍天，叹了长长一口气，说：“谢谢你们，谢谢你们的关心，谢谢有你们这两位朋友。”曼陀铃打了个寒战，继续说：“这里，容不下我，但我相信天无绝人之路。”

高霖雨:“你不会不读了吧?不会就这么窝窝囊囊地离开吧?你离开简单,你父母怎么办?”

曼陀铃站起身来,朝校园大门的远方望去。

江心洲一把拉住曼陀铃的胳膊,说:“兄弟,你不能走啊,事情不还是没有结束吗?何必这么对待自己呢!我们是同生共死的兄弟,真要走我陪你啊!”

高霖雨也站了起来,拦在曼陀铃跟前,说:“你不能走!你一定能考上你想要的大学!”

曼陀铃朝高霖雨摇了摇头,说:“真的很谢谢你,我也真的想出去走走。”

曼陀铃甩开了江心洲的手,又仔细看了高霖雨一眼,迈开了步子,朝校园大门走去。

高霖雨和江心洲站在原地,愣了好一阵子,从曼陀铃身后奔跑而来。

曼陀铃走出校园,心慌意乱地朝校园内望去。高霖雨和江心洲一起小跑过来。

高霖雨说:“出去了,记得写信,告诉我们你的情况、你的联系地址。”

高霖雨说着说着,哽咽起来,泪水哗哗地夺眶而出。

江心洲说:“还有什么事情要交代吗?”

曼陀铃跟江心洲说:“我的书籍和生活用品,先帮我收下,到时候我再联系你。谢谢你,兄弟!”

然后,曼陀铃拍了一下高霖雨的肩头。

曼陀铃转过身去,朝茫茫的人海走去。

第23章

路边捡来的大专录取通知书

走出校园后，曼陀铃的心像被掏空了一样，灵魂似乎已经消散而去，沉重的双脚拖着轻飘飘的躯壳，在这个县城的街道上漫无目的地走着，看见路边地摊上有卖书的，就过去信手拿起几本翻了翻，然后又放回原处。地摊老板问曼陀铃要买书不，曼陀铃就摇摇头。

至于在县城游荡了多久，曼陀铃自己也不知道，他只知道肚子空空的，叽叽咕咕地叫着，饿了，需要食物。曼陀铃神经质地摸了摸口袋，幸好钱包还在口袋里。

曼陀铃随便选了一家餐馆，吃饱了之后，心想："现在自己该去哪里呢？能去哪里呢？"

曼陀铃想："去上海，去那个叫《诗青春》的杂志社，去做编辑？这倒是一条不错的路子，但就怕那里不缺编辑，或者自己资历太浅干不了那行。"

曼陀铃挠了挠头，结了饭钱，又走上了大街。游来荡去，不知所向，只见好几辆雪亮雪亮的黑色小轿车从身旁滑过，仰头看去，只见“望海楼大饭店”几个大字闪着耀眼的光芒。曼陀铃想到了夏耘，也想到了孙倩。对，去找找孙倩，看看孙倩能否帮帮，让学校里撤销对自己的通报批评处分，曼陀铃自言自语地说。

曼陀铃找了一辆三轮摩的，将孙倩家的地址报给了司机。没一会儿，曼陀铃在一栋楼前下了车。曼陀铃找到了孙倩写给自己的门牌号。曼陀铃将右手指贴在了孙倩家的大门上，但就没敢敲响。因为曼陀铃需要好好想一想，怎么面对孙倩，怎么告诉孙倩昨晚发生的事情，如果孙倩知道自己是因为一个女生弄成了今天这模样，会不会帮很难说，毕竟自己和孙倩的关系是因夏耘而存在。

曼陀铃愣愣地站了好一会儿，右手指在门上敲动起来，但没听见门内有人回答。于是曼陀铃将门敲得更响。忽然，大门被打开了，里面探出个头，是一个年纪 50 多岁的阿姨。开门者很不友好，气愤地对曼陀铃说：“你这是找谁啊？是不是找错人家了？”

当曼陀铃还没反应过来，还没来得及说自己是来找孙倩时，那扇大门被无情地“砰”的一声关上了。要不是曼陀铃的脑袋闪得快，说不定都被磕开花了。曼陀铃沮丧地像一只丧家之犬，重又游荡在大街上。

现在得赶快去寻找出路，曼陀铃告诉自己。曼陀铃径直朝汽车站方向走去，看着汽车站川流不息的人群，人们有的兴高采烈，有的急急匆匆，有的在大声吆喝着：“去合肥啦，去合肥啦，还差一个人就发车啦。”

当曼陀铃的脚步不听使唤地朝那吆喝的汽车走去时，一个年纪跟自己差不多的戴眼镜的男生，说着“同学你好”，塞了一张广告纸给曼陀铃。

曼陀铃拿起广告纸一看，上面赫然写着：大华学院，圆你大学梦。

“同学，你要了解下吗？只要你有高中毕业证、高考准考证，就能马上上大学。”塞给曼陀铃广告纸的男生说。

曼陀铃说：“有那么好的事情吗？”

男生嘻嘻哈哈地说：“只有你想不到的，没有上不了的。不信，我带你去拿录取通知书！”

曼陀铃半信半疑地看了男生好久。这男生并不像坏人，曼陀铃想。

男生继续说：“同学，你叫什么名字，我叫虎子。我就是大华学院的大二学生，也是本地人，我觉得这学校蛮好，不但能学到知识，还能锻炼人，还可以赚些外快。”

就这样，曼陀铃跟在男生的后面，心里七零八落的，感觉很不安稳，但曼陀铃又告诉自己，这不是没办法嘛，谁叫自己今天沦落了呢。

在一个叫“红红宾馆”的大门口，立着一个立牌广告，上面写着：大华学院，圆你大学梦，欢迎高中毕业生报名就读。上到宾馆二楼，走廊里六七名男生女生正排着队，等待着报名入学。曼陀铃看着两名戴眼镜的老师模样的中年男人，像玩魔术般地填写着、盖着章，然后就将“大华技工学院录取通知书”送到了学生手中。

当曼陀铃拿到这份录取通知书的那一刻，心中充满了喜悦。

路，依然是家乡的路；人，依然是家乡的人。当再次走在村庄的小巷时，当乡亲邻里问是不是考上了时，曼陀铃总是自信地点点头。

到家门口时，大门上挂着锁，但钥匙还在上面，说明父母没去庄稼地里。曼陀铃进了家门，径直走到房间，拣了几本书籍，还有入冬的衣服，打算明天一早就去合肥报到。

没一会儿，曼陀铃听到了门口有人走路的声音，那是母亲回来了。曼陀铃母亲边进门边喊：“儿子，是你回来了吗？”曼陀铃在房间应了母亲一声。母亲走到房间，问：“你怎么回来啦，放假了？”

曼陀铃说：“不是。”

曼陀铃母亲提高嗓门说：“你可要好好念啊，儿啊。今天，林玉摆酒，她前几天收到了录取通知书，被录取了，一家人都高兴得很，村子里每家都去贺喜啦，摆了十几桌的酒席。你爸，应该是喝多了，没有脸面啊，面对一村子人……”

曼陀铃再也听不下去了，打断母亲的话，说：“我也要去上大学了，明天就去。”

母亲顿时喜上眉梢，高兴得差点说不出话来，激动得眼泪都钻出来了，好一会儿才说：“真的录取上啦？哪里的大学？！”

曼陀铃说：“合肥的。”

母亲拿起衣角擦起眼泪，脸上堆满着无法用言语形容的喜悦，曼陀铃从没见母亲这么高兴过。曼陀铃母亲急急忙忙地说：“我这就去告诉你爸，也好让他高兴高兴。”

这天，曼老三明显喝了不少酒，是被妻子搀扶着回到家的，刚一进门便嚷嚷：“儿子——儿子，你爸——我——今天脸丢光啦，老祖宗的脸也丢光了，你是不是真的考上了大学？！你是不是——怕你爸妈——这张老脸——难堪，就拿着假毕业证——回来哄我们——开心？”

曼陀铃母亲见父亲这么一说，便一惊一乍地说：“儿子，应该不是你爸说的那样吧，没有哄我们吧？我可是告诉了全村子人，你考上了大学的。快将录取通知书拿过来看看，我还从来没见过哪！”

曼陀铃母亲看着儿子的录取通知书，看了好一阵子，眼睛贴得越来越近，应该是泪水模糊了双眼，才让她看不清楚上面的字。曼陀铃母亲亮了房间里的灯，又仔细地看了起来。然后，拉着丈夫一起，回到了隔壁的房间。

曼陀铃听见了自己忐忑不安的心在体内剧烈撞击的声音，听见了自己急促的呼吸声，还听见了隔壁房间电话免提的声音。曼陀铃将耳朵贴在离电话机最近的墙壁上，听见了电话里传来的声音。

可能是因为曼陀铃心里太紧张的缘故，母亲在电话里具体咨询了些什么，曼陀铃听得不是很清楚，但是可以确定的是，母亲在了解大华学院的相关情况。当隔壁房间电话挂断后，母亲急匆匆地来到了儿子的房间，说："儿子，我刚按照录取通知书的电话问过，说你是被录取了，学的是市场经营管理。你知道这个大学是一个什么样的大学吗？"

曼陀铃有些迟疑地回答母亲说："妈，现在大学太多，像清华北大这样名气的大学太少，像大华学院这样没有名气的太多。"

曼陀铃母亲接过话茬说："那，那酒席啥时候摆？我这就去跟你爸商量商量。"

这事总算落定了，曼陀铃腿有些发软地坐到了床沿，曼陀铃腰板一软，躺了下去，吁了长长的一口气，大脑陷入了暂时的空白。

这天，曼陀铃母亲为儿子准备了很多菜，有鱼有肉有黄鳝，还杀了一只鸡。曼陀铃听见母亲不停忙碌的声音，这声音就像一只沉甸甸的手，死死地压在自己的胸口，让自己噩梦般动弹不得，让自己感觉到窒息。

这天，吃饭前，曼陀铃母亲给天地财神烧了香，拜了又拜，叫儿子也跟着一起拜，边拜边念叨："祖老爷，要保佑我儿子步步高升。"这晚，父亲打开了酒瓶，香喷喷的酒味，整个堂屋里都充满着喜庆的味道，这种只有大年三十晚上才有的味道。

曼老三说："儿子，今晚陪爸妈喝两盅。"

曼陀铃敬了父亲的酒，又敬了母亲的酒，又同时敬了父母的酒，祝父母身体健康。曼陀铃说自己已经长大了，要出去学习，要出去适应社会，请父母不要多牵挂。

曼陀铃母亲说："等你做了父亲，你就会懂父母对儿女的爱。"说着说着，曼陀铃母亲又拿起衣角擦起了眼泪，这是舍不得的眼泪，这是不希望又不得不希望儿子离开的眼泪。

这晚，曼老三大着舌头问曼陀铃："你的酒席啥时候摆？"

曼陀铃说："明天就要开学，只能等过年或明年再摆。"

曼老三说："反正儿子考上了大学，已经对得起祖宗了，有人再问也好答复了，那就干脆来年暑假再摆。"

这晚，曼陀铃为父母的高兴而高兴。

这晚，曼陀铃母亲拿出一个红布的小包裹，拆了一层又一层，将里面的一张银行卡给了儿子，说里面有 6000 块，是为儿子准备的学费，密码是儿子的生日，又将里面百元钞票数了数，有十张，说给儿子路上用。

这晚，当曼陀铃接过这个红布的小包裹时，心里充满了不安和愧疚。

第 24 章

书店伙计

在去往合肥的车上，曼陀铃做了一个长长的梦，先是梦见了老张，老张将自己叫到了操场上，夜空茫茫。

老张一脸严肃，问曼陀铃：“可知道，叫你出来做什么？”

曼陀铃说：“不知道。”

老张说：“你就装傻吧，那我来告诉你！”

老张告诉曼陀铃，有人向学校举报，说看见曼陀铃跟金晶晶从旅馆里出来，问曼陀铃在旅馆里都干了什么见不得人的事情。曼陀铃怒不可遏地对老张说，别玷污我们，我们什么都没干。老张问没干去旅馆干什么，曼陀铃无言以对。

当曼陀铃到教室时，无数只黑洞洞的眼睛朝自己看来，像无数只黑洞洞的枪口。曼陀铃趴在课桌上，江心洲在耳边说了些什么，没有听清楚。慢慢，整个世界都静寂了。

曼陀铃开始胸闷，呼喊着金晶晶的名字。他听到有人走动的声音，轻轻地，比小孩的呼吸重不了多少。好像有个影子站在自己附近，曼陀铃准备大喊一声，但嘴巴张不开了。他感觉有一只手，正在抚摩着自己的头发，动作很轻很柔。曼陀铃想睁开眼睛，看个明白，眼皮被什么给黏在一起。一切都停止了，一阵微风，将一切的一切都带走了。曼陀铃的课桌被谁碰了一下，凳子倒了，发出“当”的一声。

曼陀铃抬起头，眼前一片昏暗，灯熄了，教室的人都走光了。江心洲的桌上点着支蜡烛，蜡烛旁边有张纸条，用一支笔压着。一个身影迅速地朝教室门口走去。曼陀铃知道，那是金晶晶，于是大声喊着：晶晶，晶晶、晶晶。金晶晶并没回头，残忍地走了。

曼陀铃痛苦地拿起纸条，上面泪迹斑斑，凹凹凸凸，还没全干：

曼陀铃：

我想了一晚，还是决定写这封信。

现在同学都走光了，教室里只有两个人，你和我。或许我们根本不该在这相遇，在这个关键的时刻。可事实上我们相遇了，我们还得天天见面。我要告诉你的是，以后我们就不要再接触了吧，为了你好，也是为了我好，请相信我，我没一点的恶意。

如果现在觉得痛苦的话，我想只是短暂的。如果以后觉得痛苦的话，我想是一辈子的。

如果我们真的有缘的话，如果这种缘分能长久的话，以后我们还会经常在一起的。

夜深了，早点回去睡吧。

就当我们现在是陌生人吧。

晶

然后，曼陀铃离开了教室，徒步去到了一片荒野，那里没有人烟，望不到尽头。曼陀铃看见了一只狼，它嗷嗷地叫了两声，晃着奶子，双眼喷出饥渴的幽光，离自己越近，眼睛瞪得越大，凶光越发残忍，红红的，在滴血。狼的嘴张开了。曼陀铃趴倒在地，做出投降的姿态。但它却视若无睹。狼一步步朝曼陀铃逼近。它的舌头拖了出来，滴着白色的唾沫。曼陀铃跃起身，跟它对视，目光比它还要凶残。曼陀铃看见对手的双腿打了几个摆子，它应该好久没进食了，它的肚子瘪得跟什么似的，但它并没马上倒下，它嗷嗷几声，朝自己扑来。曼陀铃一个闪身，死死抱住了对方的脖子。曼陀铃张大嘴，朝狼的喉管咬去。狼咬住了曼陀铃的双腿，鲜血淋得满地都是。狼血，从狼的喉管喷出，也是满地都是。狼死了。曼陀铃脱光，用衣服堵住伤口。曼陀铃不能走动，残废了，为了生存，不得不啃光狼的骨头。狼的尸体在腐烂，在发臭，曼陀铃在一天一天地等待死亡，或许奇迹。

…………

忽然，曼陀铃的腿被谁使劲踢了一下，他的身体被谁推了又推，曼陀铃感觉浑身骨头散架了，站立不起。渐渐地，他恢复了意识，听见了一个男人的吼叫："我说，哥们，你下还不是不下？"

曼陀铃睁开眼睛，朝跟前的男人说："这到哪了？"

男人没好气地说："你说到哪里了！到终点站了！该下车了！"

曼陀铃提起行李匆匆忙忙走下车时，才知道天空下起了雨。车站里，川流不息的车辆、大包小包的行人、不停的高音喇叭声，都在告诉曼陀铃这确实是合肥，这不是梦，他庆幸自己没有被狼吃掉，庆幸自己还活着。

不远的车站出口处，站着十来个学生模样的年轻人，曼陀铃们手里举着牌，牌上面的字都大同小异，大概内容是：×× 学院，欢迎您。曼陀铃在那摇来晃去的牌子里面，看到其中有两块就是写着“大华学院”的。

一位男生朝曼陀铃走来，将雨伞举到曼陀铃头上，文质彬彬地问：“同学你好，是来大华学院报到的吗？”男生见曼陀铃点头表示肯定，就连忙抢过曼陀铃手中的行李，客气地说：“我是学长，专门来接新生的。”

曼陀铃跟着男生穿过嘈杂的人群，走到车站外面，上了一辆面包车，面包车里坐着四名学生。其中有一名女生衣领处别着个黑色的麦克风，自称是学姐。学姐给学弟学妹们讲解着这座城市，一路上朝着窗外指指点点，说合肥是包公的故里，是座历史悠久的文化名城，有着 2200 年的历史，有着中科大、合工大、安徽大学等众多知名学府……

面包车，不知道拐过了多少条道路，经过了多少个红绿灯，经过了多少座高楼大厦，终于停了下来。尽管学姐的喉咙已经嘶哑了，但还是以忘我的精神，为学弟学妹们一如既往地讲解着，说，大华学院经国家教育部批准于 1996 年成立，成为我省首批民办高校，颁发国家承认的大专学历，学校正在努力升级成本科院校，到时候学弟学妹们专升本，只要想升都能升上……

曼陀铃像听故事一般听着学姐的介绍，校园里有假山、有湖泊、有树林，远处的挖土机正轰隆隆地施工着，似乎向同学们展示着这所院校无限美好的明天。但是，当曼陀铃拿到交费清单时，心里沉沉的，乱七八糟的费用加起来快 8000 元，曼陀铃将母亲给自己的储蓄卡和零用钱加起来都不够。

学姐正要带曼陀铃去财务处交费时，曼陀铃尴尬地说：“学姐，我——我没带那么多钱……”

学姐果断地打断了曼陀铃的话，热情而自信地说：“学弟，我们校长很好，为了扶持贫困家庭子女入学，推出了很多人性化的政策。比如，你可以先只缴 5000 块，然后参加学校组织的勤工俭学，像我这样，就能享受减免学杂费。”

曼陀铃听着学姐的解释，大脑稀里糊涂的，犹豫着。曼陀铃看着一辆辆雪亮雪亮的小轿车进进出出，看着一个个青春活力、穿着时髦的学生，有了一种从未有过的强烈的自卑感。曼陀铃跟自己说这里或许真的不适合自己，这里是有钱人进的大学。

曼陀铃跟学姐说自己要去打个电话给家人，马上回来，然后他拐过了一个墙角，见学姐又热情地招呼其他同学，趁学姐不留意时，曼陀铃偷偷地溜出了校园大门。曼陀铃长长吁了一口气，听到身后有人走动的声音，总以为是学姐追了上来，他提心吊胆地回头看，而后抱起行李，拔腿跑动起来。

雨，淋湿了曼陀铃头发，也淋湿了衣服。前方，有一座天桥，天桥底下人头攒动。曼陀铃跑了过去，有人盘坐着打牌，有人头枕白色肥料袋子而小睡，有人蹲着抽烟，他们跟前无一例外地立着个小木牌，上面写着黑字“泥水工”“木工”“油漆工”等等。

曼陀铃以为这里是一个招人的地方，那大小木牌上的字是要招的人。于是曼陀铃过去跟一个眉目看上去不那么凶恶的人问：“您这招工？

看我行不？”

那人漫不经心地抬起下巴，傻愣愣地看着曼陀铃，鼻孔里吐着嘲笑，对曼陀铃的话充耳不闻。曼陀铃还没朝隔壁的那位大胡子开口，大胡子就骂了起来：“你有病吧的，是来招人呢，还是来找骂的？”曼陀铃渐渐明白了，他们是在等雇主来挑选。

一辆白色的面包车疾驰而来，停在了路边。忽地，打牌的、睡觉的、抽烟的，一拥而上。车主选中的那两名工匠，笑得双眼眯成一条缝，很是自豪地走上了面包车。很快，面包车留下一溜青烟，疾驰而去。

出于对自身安全的警惕，曼陀铃走到了最靠外面的一个角落，等待着雨停。可雨久下不止，曼陀铃肚子里在翻江倒海。是的，是该去吃点东西了，曼陀铃告诉自己。于是曼陀铃又跑出了桥底。幸运的是不远处就是一条小街，这里有一间挨着一间的小餐馆，有报刊亭。曼陀铃买了张合肥地图,在“牛肉大面”里仔细地看着。曼陀铃找到了火车站的位置，就在火车站不远处有一个叫安徽大市场的地方。曼陀铃想既然是大市场，那里应该什么都有，应该招人的地方会比较多，说不定会在那里找一个帮人看店或送货的事情安顿下来。

当曼陀铃穿进安徽大市场门楼时，看见一派热闹的景象。他告诉自己这里应该能找到份事情。于是曼陀铃就一排一排地穿梭着，凡是看到有贴“招工”字样的店门，都要进去“面试”一番，但是很多商家都只叫曼陀铃留下联系方式，有需要再通知。曼陀铃总是尴尬地摇摇头，有些狼狈地离开。

当曼陀铃看到有一家店，店门口摆着的都是书时，双眼忽然亮了起来，好像走出了黑夜走进了黎明，好像太阳正在自己头顶冉冉升起。这里，曼陀铃看到了很多很多的书，一大包一大包的，那些忙忙碌碌的身影很多都戴着眼镜。他们或许曾经也是文学青年，曼陀铃这么告诉自己。

在这里，曼陀铃看到了一大堆《〈诗青春〉2000年度诗歌精品选集》安静地蹲在地上，曼陀铃如同见到了自己的孩子，拿起了其中的一本，找到了一首《人生》的诗歌，作者正是自己。曼陀铃似乎看到了希望，看到了大漠里的绿洲，看到了成群结队的骆驼。

曼陀铃走到鼻梁上挂着眼镜的老板跟前，敬重地问："老板，您好，您这要人吗？"

老板继续忙着整理书本，扔了个本子和笔给曼陀铃，说："你写下个人资料，需要时候再联系。"

曼陀铃在本子上只写了"曼陀铃"三个字后，就不知道如何往下写，然后很不好意思地将本子送到老板跟前。

老板看了一眼，随口问："你叫曼陀铃？是哪个曼陀铃啊？"

曼陀铃说："是，我叫曼陀铃，这首诗的作者。"

老板放下手中的活，直起腰板，右手将眼镜往上推了推，打量起曼陀铃来。接过曼陀铃手中的书，又看了好一阵子，半信半疑地说："这诗歌是你写的？你这么年轻，能写得出吗？"

曼陀铃放下行李包，从包里拿出了一本证书："这是《诗青春》寄给我的证书。"曼陀铃激动地将证书递到了老板手中。老板忽然客气了起来："嗨，还真是你写的呢，你小伙怎么不上学出来找工作了？这年头，没上大学，工资低得要命。"

曼陀铃紧跟着老板的话，说："老板，您这要人的话，只要有地方住，有饭吃，我就可以接受。"

老板脸上忽然堆上了笑容，像捡了个大便宜似的一把抓起曼陀铃的手，紧紧地握着，豪情万丈地说："只要你哥——我有口饭吃，就饿不死你——小弟。"

这天夜里，在这个书店，老板跟曼陀铃谈了很久很久，说起自己曾经也是一个文学青年……说到动情之处，老板更是潸然泪下，酒断愁肠。

这天夜里，老板将几块白天摆书的木板，往书堆上一放，说："曼陀铃，这就是你的床。书店，就是你的家，卫生间有淋浴，可以洗澡洗衣服。"说罢，老板挥一挥手，跌跌撞撞沿楼梯往上走去。

于是，这间书店就成了曼陀铃暂时栖息的地方，成了他的家，这里有他看不完的书籍，有他做不完的梦。

尾声

曼陀铃接到了录取通知书

在书店落定后的第二天夜里，曼陀铃打了电话告诉父母，说自己在学校一家书店做兼职工作，不累，有书看，还能攒点生活费，并将住处的电话号码报给了父母，说晚上一般都在，叮嘱父母务必放心。

大概是十天后的一个晚上，曼陀铃接到了父母打来的电话，父母叫儿子马上回家。

曼陀铃问家中是不是出了什么事情。

曼老三在电话里高兴得一时说不出话来，说："儿子啊，你考上本科了，是省师范咧，通知书已经到家了。"

瞬间，曼陀铃泪流满面，本能地想到了上海养病时打给孙倩的电话，想到了夏耘。